KB078507

괴물 포식자 3

철순 장편소설

초판 1쇄 찍은 날 § 2016년 6월 21일
초판 1쇄 펴낸 날 § 2016년 6월 28일

지은이 § 철순
펴낸이 § 서경석

편집책임 § 조현우

펴낸곳 § 도서출판 청어람
등록번호 § 제387-1999-000006호
등록일자 § 1999. 5. 31
어람번호 § 제1-2464호

주소 § 경기도 부천시 원미구 부일로 483번길 40 서경B/D 3F (우) 14640
전화 § 032-656-4452 팩스 § 032-656-4453
http://www.chungeoram.com
E-mail § chungeorambook@daum.net

ISBN 979-11-04-90858-3 04810
ISBN 979-11-04-90817-0 (세트)

3

괴물 포식자

도서출판
청람

철순 장편소설

FUSION FANTASTIC STORY

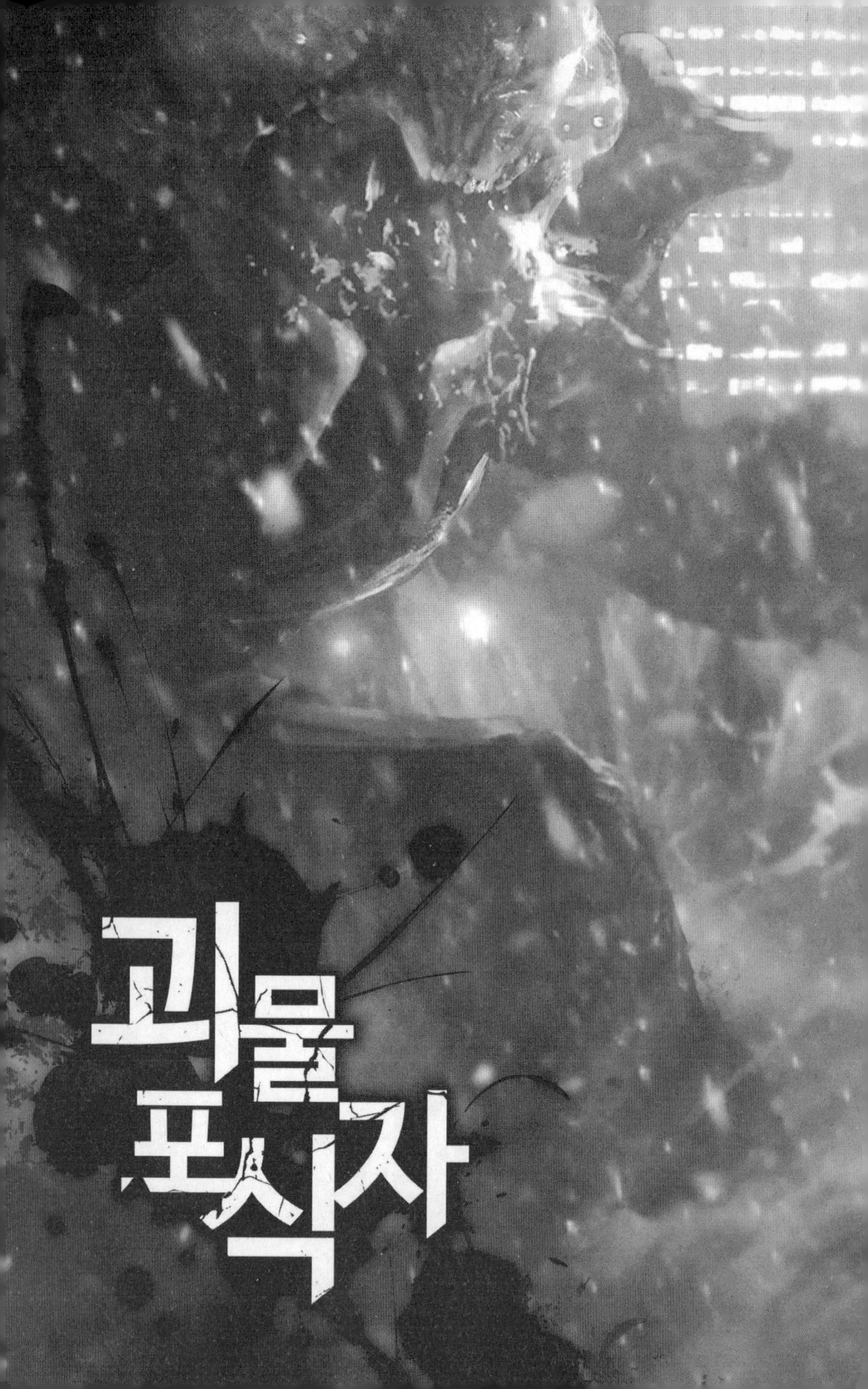
괴물
포식자

Contents

제1장

이름을 새기다

김민희를 사무실로 데려온 신혁돈은 모두와 인사를 시킨 뒤 윤태수를 따로 불러 물었다.

"시나리오 얼마나 남았냐."

　　신혁돈이 말한 것이 최태성을 잡기 위한 작전임을 캐치한 윤태수가 바로 대답했다.

"배우가 너무 적어서 진도가 안 나갑니다."

"몇이나 더 필요한데?"

"형님을 제외하고 실력 있는 각성자가 최소 넷은 더 필요합니다."

　　윤태수가 말하는 '실력 있는 각성자'란 3등급 극후반의 전용재를 상대로 시간을 벌어줄 수 있을 정도는 되는 각성자다.

즉, 3등급 중반 이상의 각성자들이 필요하다는 소리.

윤태수와 떨거지들, 그리고 백종화와 안지혜를 이용하고 싶었지만 그러기엔 시간이 너무 모자라다.

"시간은 얼마나 남았는데?"

"한 달이 맥시멈입니다."

"미니멈은?"

"15일 정도로 보고 있습니다."

"근거는?"

"종화 형님한테 듣기로 이남정이 네 사람의 이름을 이야기했다던데 말입니다. CCTV나 증거가 될 만한 자료는 다 지워놔서 사건과 팀장 혼자 모든 걸 밝혀낼 순 없겠지만 미꾸라지 한 마리가 물을 흐리면 마이더스가 냄새를 맡을 겁니다."

"그렇겠지."

"그래서 15일입니다."

가만히 생각하던 신혁돈이 윤태수에게 손을 건네며 말했다.

"손."

"…예?"

"손 달라고."

윤태수는 미심쩍은 얼굴로 신혁돈에게 손을 건넸다.

신혁돈은 윤태수의 손을 잡은 채로 눈을 감았다. 그러자 신혁돈의 체내에 있던 에르그 에너지들이 꿈틀거리며 윤태수의 손으로 흘러 들어왔다.

깜짝 놀란 윤태수가 손을 빼려 했으나 신혁돈이 힘으로 버텼다.

"뭡니까?"

신혁돈은 몇 초가 지난 뒤에 눈을 뜨며 말했다.

"파악. 3등급 초반이군… 세 명도 이 정도인가?"

"같은 걸 먹었으니 비슷할 겁니다."

신혁돈은 다시 한 번 생각에 잠겼다.

각성자들의 싸움에서 에르그 에너지의 양은 절대적인 지표가 아니다.

1등급의 각성자가 3등급 각성자의 목을 벤다면, 3등급 각성자는 죽는다.

인간인 이상 급소를 베이고서 살 도리가 없기 때문이었다.

물론 김민희는 논외다.

그렇기에 중요한 것이 싸움의 기술.

그런 면에서 윤태수 패거리는 엉망이다.

"실력 좋은 애들은 2주 안에 만들 수 있으니까 시나리오 짜봐."

"그럼 저야 좋습니다만… 그게 가능하겠습니까?"

"이제부터 가르쳐야지."

"누굴 말입니까?"

신혁돈의 눈은 윤태수를 바라보고 있었다.

혹시나 자신의 뒤에 뭐가 있나 뒤를 돌아본 윤태수는 아무 것도 없음을 확인하고 자신을 손가락으로 가리키며 말했다.

"…저 말입니까?"

"너랑 떨거지 셋."

"저희는 정보상입니다만……."

"그런데?"

"그러니까… 전면에 나서서 싸우는 거랑은 안 어울리지 않습니까?"

"전혀."

신혁돈은 이미 마음을 굳힌 상태였다. 그간의 경험으로 신혁돈이 자신의 말을 번복하는 일이 없다는 것을 알고 있는 윤태수는 긴 한숨을 내쉰 뒤 말했다.

"…언제 시작합니까?"

신혁돈은 시계를 올려본 뒤 말했다.

"밥 먹고."

뒤에 아이가투스의 다섯 번째 차원을 클리어하기 위해서는 만반의 준비가 필요하다. 그러기 위해서는 위험 요소를 제거해야 하고, 지금의 위험 요소는 마이더스와 최태성이었다.

마음 같아서는 살아 있는 동안 죽지도, 살지도 못하게 만들어 계속 괴롭히고 싶었지만 복수는 신혁돈의 주된 목표가 아니다.

이제는 하나의 목표에 집중할 필요가 있었다.

생각을 마친 신혁돈이 자리에서 일어서자 윤태수가 함께 일어섰다.

*   *   *

이틀 뒤.

이서윤의 집 지하실에 신혁돈을 위시한 모든 인원이 모여 있었다.

신혁돈이 통짜 쇠로 만들어진 방패의 위를 후려쳤다.

휙! 쩡!

보는 것만으로 주먹이 저릿한 광경.

하지만 쓰러진 쪽은 자기 몸 크기의 방패를 들고 있던 김민희였다.

김민희는 재주 좋게 방패를 옆으로 던지며 쓰러졌고, 엄청난 무게의 방패에 깔리는 불상사는 일어나지 않았다.

무식하게 큰 방패에 깔리면 간단한 타박상으로는 끝나지 않는다는 걸 몸으로 깨달았기에 몸이 먼저 반응한 것이었다.

그간 해온 반복 훈련의 효과였다.

쿵!

방패가 쓰러지고 김민희 또한 바닥에 쓰러졌다.

땀 한 방울 흘리지 않은 신혁돈은 무미건조한 목소리로 말했다.

"들어."

"잠, 헉… 잠깐……."

김민희는 말을 마치지도 못하고 거친 숨을 몰아쉬었다.

그러자 옆에서 지켜보고 있던 이서윤이 달려와 쓰러진 김민희를 살폈다.

"더 이상은 무리예요."

신혁돈은 대답하지 않고 의자를 끌어다 앉았다.

김민희의 상태를 확인한 이서윤이 신혁돈의 곁으로 다가왔다. 이서윤은 땅에 머리를 대자마자 잠이 든 김민희를 바라보며 말했다.

"이렇게까지 해야 돼요?"

"본인이 약속한 거다."

"도대체 무슨 말로 꼬셨기에 스무 살짜리가 독기를 품고 달려들어요?"

"월 500."

"맙소사… 돈이요?"

신혁돈이 고개를 끄덕이자 이서윤이 살짝 높아진 톤으로 말했다.

"어떻게 그런… 조금만 지나도 저 아이는 그것보단 많이 벌 수 있을 텐데요."

"그 '조금만'을 사는 동안 김민희의 삶은 누가 책임지지?"

"그건······."

신혁돈은 이서윤의 말을 끊으며 물었다.

"돈이 없는 삶을 살아본 적 있나?"

"아뇨."

"그럼 말해줘도 몰라."

"······."

이서윤은 코까지 골며 잠들어 있는 김민희를 바라보았다.

그녀는 살아오며 돈에 구애받은 적이 없었다. 아니, 무언가에 구애받은 적 자체가 없었다. 하고 싶은 게 있으면 했고, 하기 싫으면 하지 않았다.

그런 삶을 살아왔기에 김민희의 심정을 깨달을 수 없는 것은 당연한 것이었다.

물론 겉으로는 이해할 수 있을 것이다.

겉으로는.

이서윤이 대답을 하지 못하자 신혁돈이 턱짓으로 지하실의 구석을 가리키며 물었다.

"저놈들은 어때?"

입술을 씹은 이서윤이 대답했다.

"보시다시피."

지하실의 한구석을 차지한 네 사람은 대련을 하고 있었다.

상대적으로 강한 힘을 얻은 윤태수가 나머지 셋을 동시에 상대하고 있었는데, 그럼에도 윤태수는 밀리는 기색 하나 없었다.

"핫!"

기합과 함께 윤태수의 마법진이 빛을 발했다.

그러자 윤태수를 둘러싸고 있던 떨거지들도 저마다 가진 마법진을 발동시키며 윤태수를 저지했다.

지난 이틀간 이서윤은 눈코 뜰 새 없이 바빴다.

세 떨거지와 김민희에게 마법진을 새겨주면서 계속해서 윤태수의 몸 상태를 살폈기 때문이다.

오늘 아침 네 사람에게 마법진을 새기는 것이 끝났고, 새롭게 얻은 힘에 익숙해지기 위해 신혁돈의 주도 아래 훈련을 시작했다.

"엉망이군."

조직 생활을 하며 몸으로 익힌 싸움법이 남아 있긴 했지만 눈뜨고 봐주기 힘들 정도였다.

마음 같아서는 직접 가르치고 싶었으나 신혁돈이 아는 방법은 몸을 부딪히는 방법뿐이다.

그랬다간 팔다리 하나쯤은 부러질 것이고, 계획은 물거품이 될 것이었다.

가만히 생각을 하던 신혁돈은 자리에서 일어나며 물었다.

"마법진 중 치유를 돕는 마법진도 있나?"

이서윤은 잠시 생각하다 대답했다.

"있긴 하죠. 그런데 저, 이번 달에만 다섯 개 그렸어요. 이미 하나 초과했다구요."

신혁돈은 일말의 고민도 없이 대답했다.

"다음 달 거에서 제해주지."

"그건 당연한 거 아니에요?"

"두 배로."

"…무슨 사채업자예요?"

"내가 베푸는데 왜 사채업자 소리를 들어야 하는지 모르겠는데."

"…말을 말죠. 그럼 다음 달에는 쉬어도 되는 거죠?"

"편할 대로 해."

이서윤은 고개를 절레절레 젓고서는 위층으로 올라갔다. 치유 마법진을 그리기 위한 준비를 하러 간 것이었다.

신혁돈은 윤태수와 떨거지들에게 다가가 말했다.

"그만."

신혁돈의 말에 네 사람은 숨을 헉헉대며 대련을 멈추었다.

"셋은 쉬고… 태수, 내 앞에 서봐."

네 사람은 의아해하면서도 신혁돈의 말을 따랐다. 곧 윤태수가 신혁돈의 앞에 서자 말했다.

"일단 솔직히 말하지. 나는 싸움을 배운 적이 없다. 그래서 어떻게 가르쳐야 하는지도 몰라."

"…예."

"그러니까 덤벼."

"예?"

"몸으로 가르쳐 주겠다고."

그제야 신혁돈의 말을 이해한 윤태수가 고개를 한 번 끄덕이고선 진지한 얼굴이 되었다. 안 그래도 세 사람과 싸우는 것만으로는 한계가 있다는 걸 느끼고 있는 중이었다.

"그럼 먼저 갑니다."

말을 마친 윤태수가 한 호흡을 잰 뒤 신혁돈의 얼굴을 노리고 주먹을 휘둘렀다.

그 순간.

신혁돈은 몸을 낮추며 윤태수의 팔꿈치를 살짝 올려 쳤다.

"맞출 수 있다는 확신이 없다면 직선 공격은 피해라."

"…예."

윤태수는 팔을 회수한 뒤 다시 자세를 잡았다.

그리곤 에르그 에너지를 움직여 증폭을 통해 마법진을 발동시켰다.

"제대로 갑니다."

윤태수의 몸놀림이 전과는 확연히 달라졌다.

훨씬 빠르고 정확했으며 힘이 넘쳤다.

주먹과 발을 휘두르는데 공기를 찢는 소리가 터질 정도.

'왜 안 맞지?'

하지만 신혁돈은 전부 피했다. 심지어는 스치지도 못했다.

그러면서 어느 부분이 잘못되었는지를 지적한다.

"타격할 땐 몸의 중심을 움직여라."

"발을 쓸 땐 차는 발보다 축이 되는 발에 집중해라."

"상대가 움직이는 걸 보고 공격하면 늦는다. 예측해라."

살면서 한 번도 들어본 적 없는 싸움 강의였다. 옆에서 듣고 있던 세 떨거지 또한 입을 떡 벌린 채로 두 사람의 대련을 지켜보았다.

윤태수는 미친 듯이 공격을 퍼부었지만 신혁돈의 몸에 닿기는커녕 근처에 가지도 못했다.

"허억… 허억……."

어느새 에르그 에너지까지 모두 소모한 윤태수가 다리를 후들거렸다. 그러자 신혁돈이 말했다.

"태수 들어가고, 강태 나와."

신혁돈은 네 사람의 문제점과 강점을 하나하나 지적해주며 전투 방식을 개조시켰다. 네 사람이 지쳐 바닥에 누웠을 때 이서윤이 지하실로 내려오며 물었다.

"어디에 설치할까요?"

그러자 신혁돈은 자신의 발밑을 가리키며 말했다.

"여기."

"거긴 훈련하는 데잖아요?"

그러자 신혁돈이 당연하다는 듯 말했다.

"훈련과 동시에 회복되면 쉬지 않고 계속할 수 있잖아?"

맞는 말이다.

무언가 반박을 하고 싶었지만 이서윤은 물론 윤태수와 세 떨거지 또한 아무런 말도 하지 못했다.

"알겠어요."

곧 지름 5m 크기의 마법진이 설치되었고, 네 사람이 마법진 의 위로 올라왔다.

"오… 진짜 힘이 납니다. 이런 기세라면 하루 종일 싸울 수 도 있겠는데요?"

네 사람은 회희낙락하는 얼굴이었지만 이서윤은 어쩐지 불 편한 얼굴을 하고 있었다.

'혁돈 씨는 치유 마법진이라고 했지……'

피로 회복이 아닌 치유였다. 신체의 부상을 치료하는 치유. 만약 피로 회복이 목적이었다면 다른 마법진을 설치하라 했 을 것이었다.

"태수 나오고, 셋 물러서."

"넵."

마법진으로 인해 피로가 가신 윤태수는 다시 한 번 에르그 에너지를 끌어 올리며 말했다.

윤태수가 달려들려는 순간.

신혁돈이 말했다.

"하나."

퍽!

신혁돈이 주먹을 말아 쥐는 것을 본 순간 윤태수는 몸을 피했다.

아니, 피했다고 생각했다.

"꺽!"

갈빗대를 얻어맞은 윤태수가 숨넘어가는 소리와 함께 몸을 굽혔다.

"둘."

고통 속 귓가에 들리는 저승사자의 목소리에 윤태수가 몸을 일으켰다. 그 순간 신혁돈의 발차기가 코끝을 스치고 지나갔다.

"셋."

윤태수의 머리위로 올라갔던 발꿈치는 그대로 윤태수의 쇄골을 내리찍었다.

"끄악!"

윤태수가 쓰러졌다.

"셋이라……."

신혁돈은 아무런 표정의 변화 없이 기절한 윤태수를 마법진 끄트머리에 옮겨 두곤 말했다.

"강태 올라와."

민강태가 침을 꿀꺽 삼켰다.

그 순간.

"하나."

신혁돈의 주먹이 날아들었다.

*   *   *

일주일 뒤.

네 사람이 모두 바닥에 누워 꿈틀거리고 있었다.

치료 마법진의 효과를 받아 부러진 뼈가 붙고 터진 상처가 아물긴 했으나 고통까지 가신 것은 아니었다.

"후……."

가만히 누워 천장을 바라보던 윤태수가 벌떡 일어나 관절을 풀었다.

상처가 모두 아물었음에도 또다시 얻어터지는 게 무서워 누워 있던 세 사람의 시선이 윤태수에게 향했다.

윤태수가 일어난 것을 본 신혁돈이 다가오며 말했다.

"준비되었나?"

"예."

그러자 신혁돈이 말했다.

"하나."

피하지 못한다면 피해를 최소화한다!

신혁돈의 주먹이 날아든 순간 윤태수는 양팔을 모아 신혁돈의 공격을 막았다. 저릿한 통증과 함께 신혁돈이 몸을 빙글 돌리며 발을 들어 올렸다.

'발차기!'

"둘."

퍽!

윤태수는 피할 수 없음을 깨닫고 어깨를 이용해 신혁돈의 공격을 막아냈다.

"끅!"

참는다고 참았으나 신음이 잇새를 비집고 흘러나왔다.

"셋, 넷… 열둘, 열셋"

방어에 치중하던 윤태수는 결국 열세 번째 공격을 막지 못하고 쓰러졌다.

아무런 표정 없던 신혁돈의 입가에 미소가 번졌다.

역시 받아들이는 속도가 빠르다.

방금 가르친 것들을 벌써 몸으로 소화해 내고 있었다.

이 속도라면 2주 안에 전용재를 상대해 밀리지 않을 정도는 가능할 것이었다.

*　　　　　*　　　　　*

신혁돈이 말했던 2주가 흐르고 사무실에 김민희와 백종화 부부를 제외한 다섯 사람이 모였다.

"계획은?"

"완벽하지 말입니다."

"설명해 봐."

"배우는 넷입니다. 형님과 떨거지 셋."

말을 멈춘 윤태수는 신혁돈의 얼굴을 바라보았다. 자신이 배우 목록에서 빠진 것을 물으면 대답하기 위해서였다.

하지만 신혁돈은 묻지 않았다.

윤태수의 눈길이 계속되자 신혁돈이 물었다.

"뭐 하나?"

"왜 제가 빠졌는지 안 물어보십니까?"

"알아서 할 거 아니야?"

"…알겠습니다. 그럼 마저 설명 드리겠습니다."

윤태수의 브리핑이 이어졌고 네 사람은 간간히 고개를 끄덕이고 이해가 안 되는 것들을 질문했다.

곧 브리핑이 끝나자 윤태수가 준비했던 서류를 분쇄기 위에 올리며 물었다.

"마지막으로 질문 있으십니까?"

"완벽하네."

신혁돈의 칭찬에 윤태수가 활짝 웃으며 말했다.

"제가 누구겠습니까."

"누구긴 양아치지."

"……."

"어쨌거나 좋아. 그대로 가자."

"예."

대답을 한 윤태수는 모든 서류를 분쇄기에 집어넣었다.

서류가 갈기갈기 갈려 나온 것을 본 신혁돈이 말했다.

"가자, 최태성 잡으러."

＊   ＊   ＊

다음 날.

윤태수의 사무실.

다섯 사람이 모여 TV를 시청하고 있었다.

—자신들을 '패러독스'라는 단체라고 밝힌 각성자 연합, 즉 길드에서 최태성 씨의 동영상 유포자라 주장하는 동영상이 인 터넷에 게시되어 화제를 일으키고 있습니다. 패러독스 길드 는 동영상으로 '무고한 사람들을 자신의 이익을 위해 죽인 최 태성이 영웅 취급을 받는 것을 눈 뜨고 볼 수 없다'고 밝혔으 며⋯⋯.

TV를 보고 있던 윤태수가 탄성을 흘리며 말했다.

"캬, 이름 잘 짓지 않았냐?"

아무도 반응이 없자 윤태수는 옆에 앉아 있던 고준영의 팔 을 툭 치며 말했다.

"어때?"

고준영은 코가 간지러운지 콧잔등을 긁으며 시큰둥하게 대답했다.

"잘 지었지 말입니다. 그런데 무슨 뜻입니까?"

"역설, 모순이라는 뜻이다. 차원문에서 나오는 괴물들을 잡아 돈을 벌고 강해지는 게 우리 각성자 아니겠냐?"

"그렇죠."

"그런 각성자들의 목표가 지구상에 있는 모든 차원문을 없애는 거니, 그게 모순, 패러독스가 아니면 뭐겠냐?"

자신이 말해놓고 감동을 받은 듯 윤태수는 다시 한 번 탄성을 흘렸다.

"오, 무슨 소린지는 모르겠습니다만 멋있는 것 같습니다. 패러독스……."

고준영은 자신들의 이름이 된 패러독스를 한 번 더 곱씹으며 고개를 끄덕였다.

두 사람이 무어라 말하던 별 관심 없이 TV를 보고 있던 신혁돈의 고개가 사무실의 입구로 돌아갔다.

그러자 웃고 떠들고 있던 두 사람의 시선 또한 입구로 향했다.

가만히 입구를 보고 있던 신혁돈이 리모컨을 들어 TV를 끄며 말했다.

"손님 왔다."

그의 말에 네 사람이 긴장을 하며 테이블에 놓여 있던 검은 가면을 뒤집어썼다.

오페라의 유령의 유령이 쓰는 것과 비슷하게 생긴 민무늬의 검은 가면이었다.

신혁돈은 홀로 가면을 쓰지 않은 채 입구를 바라보았다.

긴장된 순간.

똑똑.

얼마 지나지 않아 누군가가 입구를 두들겼다.

고준영은 입구와 신혁돈, 그리고 윤태수를 한 번씩 바라보고선 말했다.

"예."

그제야 문이 열리며 멀끔한 수트 차림의 남녀 한 쌍이 사무실로 들어왔다.

그들은 사무실 내에서 가면을 쓰고 있는 이들을 한 번 바라본 뒤 당황한 기색 없이 신혁돈에게 말했다.

"마이더스 외무팀 팀장 오현서입니다. 이쪽은 부팀장 박재모 씨."

여자가 자신을 먼저 소개한 뒤, 옆에 선 사내를 소개했다. 살짝 고개를 숙여 인사한 그들은 신혁돈을 바라보았다.

"신혁돈입니다."

"…그렇군요. 신혁돈 씨, 반갑습니다."

"앉으시죠."

"예."

두 사람은 신혁돈의 반대편 소파에 앉으며 들고 온 가방을 테이블 위에 올려 두었다.

신혁돈은 오현서를 바라보았고, 오현서 또한 눈을 피하지 않고 신혁돈의 눈을 바라보았다.

정장을 입은 두 사람과 가면을 쓴 네 남자, 그리고 트레이닝복을 입은 채 망토를 두른 사내가 상석에 앉아 있는 기묘한 대치 상황이 이어졌다.

"저희가 찾아온 이유는 아실 거라 생각합니다."

먼저 입을 연 쪽은 오현서였다.

"뭡니까?"

"인터넷에 올리신 동영상 삭제 후 마이더스와 마이더스의 공격대장인 최태성 씨에게 사과를 해주십시오."

"하……."

어처구니가 없는 요구 사항에 고준영이 실소를 터뜨렸다. 오현서는 검은 가면을 쓰고 있는 고준영을 슥 바라본 뒤 말을 이었다.

"최태성 씨의 귀를 자른 것이나 정신적 손해에 대한 배상은 따로 청구하지 않겠습니다."

"싫다면?"

짧아진 신혁돈의 말에도 오현서는 표정 변화 없이 가방을 열어 태블릿 PC와 두꺼운 종이 뭉치를 꺼내들었다.

"영상이 조작된 것이라는 전문가들의 의견과 그 증거 자료입니다. 거절하신다면 이 자료가 언론을 통해 발표될 것이고, 당신들은 사회의 비난과 동시에 명예 훼손으로 고소를 당하겠죠."

신혁돈은 소파에 몸을 묻으며 말했다.

"해."

"예?"

"그렇게 하라고."

저들, 마이더스가 말도 안 되는 증거 자료를 들고 나와 고압적인 자세로 일관하는 것은 자신들의 힘을 믿기 때문이었다.

그간 쌓아온 입지와 연줄이 있기 때문에 언론 플레이 싸움으로 가면 자신들이 우세할 것이라는 걸 알고, 강점을 이용하는 것이다.

"할 말 끝났나?"

오현서의 포커페이스에 살짝 금이 갔다.

'예상이 맞았나.'

마이더스의 정보력으로 파악한 패러독스는 인원이 5명밖에 되지 않는 소규모 길드다.

길드장이라고 등록된 이는 각성자 등록을 한 지 두 달밖에 안 되는 애송이. 게다가 나머지 넷은 각성자 등록도 하지 않은 일반인이었다.

이런 이들이 대한민국에서 가장 거대한 길드인 마이더스에 싸움을 건다?

말도 되지 않는 소리.

즉 이들의 뒤에 무언가 있다는 가설이 서는 것은 당연한 것이었다.

오현서 또한 그렇게 생각했고, 이번 만남을 통해 확신을 가질 수 있었다.

'분명 무언가 있다……'

아니라면 이렇게 당당히 나올 수 있을 리가 없었다.

"아뇨, 아직 물을 게 더 남아 있습니다."

신혁돈은 고개를 까닥여 대답했다.

거만한 모습에도 오현서는 다시 포커페이스를 되찾으며 물었다.

"당신들의 목표가 뭡니까?"

"목표? 간단해. 죄를 지은 사람이 벌을 받는 거."

"최태성 씨는 죄를 짓지 않았습니다. 그런데 어째서 벌을 받으라고 하시는 거죠?"

신혁돈의 미간이 꿈틀했다.

"진심인가?"

"예."

"이봐, 오현서 씨. 서로 시간 낭비하지 말고 본론만 이야기하지. 당신도 알잖아? 최태성이 사람 죽이고 다닌 거."

"그런 일 없습니다."

"그래?"

신혁돈이 고준영에게 손짓을 하자 TV를 틀었다.

그러자 최태성과 고정훈이 사람을 고문하는 영상이 틀어졌다.

"이건?"

"조작된 것이죠."

신혁돈이 턱짓을 하자 다음 동영상이 재생되었다.

"이것도?"

"예."

신혁돈은 몇 개의 동영상을 더 보여준 뒤 말했다.

"우리가 공개한 동영상은 딱 하나다. 그런데 지금 마이더스가 어떻게 됐지? 망해가고 있지 않나?"

오현서의 동공이 흔들렸다.

신혁돈은 오현서가 대답할 틈을 주지 않고 말을 이었다.

"그런데 수십, 수백 개를 풀면 어떻게 될 거 같나?"

"……."

"명예 훼손으로 고소하고 뭘 하면서 액션을 취할 순 있겠지. 그런데 말이야. 만약에, 정말 만약에 너희가 재판에서 패배하면 어떻게 될까?"

신혁돈은 의자에 묻고 있던 상체를 살짝 일으키며 말했다.

"아주 좆되는 거지."

말을 마친 신혁돈이 턱짓을 하자 고준영이 TV를 껐다.

TV에서 흘러나오던 앵커의 목소리가 뚝 끊긴 순간, 신혁돈의 목소리가 이어졌다.

"아까 말했듯이, 우리가 원하는 건 최태성이다. 마이더스가 아니라."

신혁돈은 다시 소파에 등을 기대며 말했다.

"할 말 더 없으면 가보시죠."

오현서는 아무런 말없이 고개를 끄덕인 뒤 꺼냈던 자료를 가방에 집어넣었다. 그리곤 자리에서 일어서며 말했다.

"목표가… 정말 그것뿐입니까?"

"그렇다."

"알겠습니다."

오현서와 박재모가 사무실을 나섰다.

그러자 네 사람이 긴 한숨을 내쉬며 가면을 벗고 얼굴을 훔쳤다.

가면을 쓰고 있는 것이 많이 답답했는지 얼굴을 벅벅 긁는 고준영을 한 번 바라본 신혁돈이 입을 열었다.

"오현서에 대해 아는 거 있나?"

"젊은 나이에 마이더스 외무에 관한 건 전부 맡고 있습니다. 홍보든 사고처리든 모든 게 그 여자의 손에서 이루어진다 하더군요."

"그래 보이는군."

"예, 녹음기를 설치해 둔 걸 아는 것도 아닐 텐데 요리조리 잘 빠져나가는 게 보통 여우가 아닙니다."

신혁돈이 고개를 끄덕이자 윤태수가 말을 이었다.

"그래도 흔들어 놓는 건 성공한 것 같지 말입니다?"

"이제 저울질을 시작하겠지. 어느 쪽이 자신들에게 더 이득이 될지."

말을 마친 신혁돈이 핸드폰을 들고 밖으로 나섰다.

밖으로 나선 신혁돈은 핸드폰의 통화 목록을 뒤져 한 사람의 번호를 찾은 뒤 전화를 걸었다.

곧 상대가 전화를 받자 신혁돈이 말했다.

"좋은 건수 하나 있는데, 레어 등급의 아이템 3개 어떻습니까?"

*   *   *

불이 꺼진 최태성의 집.

유일하게 빛나고 있는 노트북의 화면 위로 신혁돈의 얼굴이 떠 있었다.

신혁돈이 최태성의 죄에 대해 낱낱이 고발하고 처벌을 주장하는 동영상을 끝까지 본 최태성이 고개를 숙였다.

"신혁돈……."

최태성이 신혁돈의 이름을 씹어 뱉었다.

처음부터 마음에 안 들던 놈.

그놈과 엮인 순간부터 모든 게 꼬이기 시작했다.

까득.

이가 갈리는 소리와 함께 최태성이 핸드폰을 들었다.

―전용잽니다.

"신혁돈… 신혁돈, 이 개새끼 잡아와."

―…지금은 때가 아닙니다.

"내가 직접 갈까?"

―조금만 참으십시오. 곧 때가 올 겁니다.

"개 같은 소리 지껄이지 말고 당장 잡아오라니까?"

―오늘 낮에 오현서 팀장이 신혁돈을 만나러 갔습니다.

당장에라도 뛰쳐나갈 것 같던 최태성이 찬물이라도 한 바가지 얻어맞은 듯한 목소리로 되물었다.

"그년이 뭐?"

―영상이 뜨자마자 길드마스터께서…….

"께서는 씨발, 어디다 존대를 붙여!"

―죄송합니다.

"후… 결론만 말해."

―지금 공격대장님의 거취에 대한 회의가 진행 중입니다.

"나? 신혁돈이 아니라?"

―예, 방출에 대한 논의인 것 같습니다.

"…그런데 넌 뭐? 나보고 기다리라고?"

―아직 확정된 게 아닙니다. 그리고 마이더스에서는 공격대

장님을 쉽게 내칠 수 없습니다.

"하, 이런 개 같은 새끼들이! 날 내보낸다고? 누구 마음대로? 누구 덕분에 마이더스가 컸는데!"

—조금만 참으…….

"닥쳐! 일단… 일단은 신혁돈, 그 새끼부터 잡는다. 주소 보내!"

전용재는 대답 없이 생각에 잠겼다.

머리끝까지 화가 난 최태성을 말리는 것은 의미 없다.

그렇다는 것은 차라리 자신이 직접 움직이는 것이 최태성을 지키는 데 도움이 된다.

"대답 안 해?"

마음을 굳힌 전용재가 말했다.

—제가 데리고 가겠습니다.

"이런 쌍, 내 말 안 들려? 주소 보내라고!"

—이번만 참아주십시오. 제가 금방 데리고 가겠습니다. 죄송합니다.

말을 마친 전용재가 먼저 전화를 끊어버렸다.

한바탕 욕을 퍼부은 최태성은 화를 참지 못하고 주변의 가구들을 부수기 시작했다. 한참 분노를 쏟던 최태성은 머리를 쓸어 올리며 담배를 물었다.

"이 개 같은 새끼들… 내 뒤에 누가 있는 줄 알고… 뭐? 방출?"

난장판인 집에서 겨우 라이터를 찾은 최태성이 담배에 불을 붙이며 말했다.

"한번 뒤집어줘야, 아니지… 하나쯤은 뒤져야 정신을 차리겠지?"

*　　　　*　　　　*

해가 진 뒤, 늦은 밤.

"…왔군."

신혁돈의 말에 긴장을 한 채 앉아 있던 고준영이 벌떡 일어나 창문에 바짝 붙어 바깥을 바라보았다.

그때 윤태수의 사무실 건물의 주차장으로 검은 SUV 한 대가 들어섰다.

SUV에서는 다섯 사람이 내렸고, 그들은 바로 사무실을 향해 걸어왔다.

창문에 붙어 그 모습을 바라보던 고준영이 말했다.

"온 모양인데 말입니다."

"몇 명이야?"

고준영이 입을 열려는 순간.

검은 SUV 일곱 대가 줄을 이루어 주차장이고, 인도고 할 것 없이 들어서며 검은 옷을 입은 사람들을 토해냈다.

"어… 시작은 다섯이었는데 말입니다."

윤태수가 짜증 섞인 목소리로 되물었다.

"그런데?"

"지금은 한 오십 명 되어 보입니다."

윤태수가 미간을 찌푸리며 자리에서 일어서자 신혁돈이 말했다.

"41명. 전용재와 3등급 능력자. 제2공격대 전부가 온 모양이군."

"맙소사, 무슨 범죄 집단입니까? 아무리 대가리가 썩었다지만 공격대원 전부가 올 거라곤 생각 못했는데 말입니다."

윤태수는 자신의 생각과는 다르게 흘러가는 상황에 당황했지만 신혁돈은 웃고 있었다.

"왜 웃으십니까?"

"그림 좋잖아."

＊　　　　　＊　　　　　＊

"무슨… 그림이 좋습니까?"

윤태수가 얼빠진 표정을 하자 신혁돈이 대답했다.

"증거를 인멸하기 위해 자신의 공격대를 투입한 최태성, 그림 좋잖아."

"그건 그렇습니다만… 우리가 살아야 그것도 써먹지 않겠습니까?"

초조해하는 윤태수와 달리 신혁돈은 여전히 미소를 띠고 있었다.

그때 신혁돈의 핸드폰이 울렸다.

신혁돈은 핸드폰을 든 채로 창문으로 다가갔다.

창문 아래서는 검은 옷을 입은 사내들이 사무실을 포위하고 있었지만, 신혁돈은 그들이 아닌 먼 곳을 바라보고 있었다.

"예, 검은 SUV들. 마이더스 맞습니다. 5분은 좀 짧고, 10분 뒤에 오십시오."

신혁돈이 전화하는 것을 듣고 있던 윤태수의 입꼬리 또한 슬슬 올라갔다.

마이더스와 적대적 관계를 가지고 있으며 마이더스의 눈치를 보지 않고 신혁돈을 도울 수 있는 집단.

대한민국에 그런 집단은 단 하나뿐이다.

"설마 더 가드를 부르신 겁니까?"

신혁돈이 고개를 끄덕이자 윤태수가 말을 이었다.

"오… 도대체 언제 부르신 겁니까?"

"아까."

"세상에, 저를 못 믿으신 겁니까? 진작 말씀해 주시지 그러셨습니까."

신혁돈은 어깨를 으쓱인 뒤 말했다.

"공격대 하나가 통째로 올 거란 확신이 없었다."

윤태수가 안도의 한숨과 동시에 웃음을 터뜨렸다.

"그래도 결과가 좋으니 다행입니다."

윤태수의 말에 초조한 표정으로 주변을 살피던 세 떨거지들의 얼굴도 펴졌다. 잠깐만 버티면 더 가드가 지원해 준다는 사실을 알게 되었으니 걱정할 것이 사라진 것이다.

신혁돈을 제외한 네 명이 가면을 쓰고 얼마 지나지 않아 누군가 사무실의 문을 두드렸다.

당연히 문을 부수고 들어올 줄 알았던 윤태수가 당황하는 사이, 신혁돈이 말했다.

"들어와."

신혁돈의 말에 검은 옷을 입은 전용재와 네 명의 사내가 사무실로 들어왔다.

전용재는 신혁돈과 가면들을 바라본 뒤 말했다.

"신혁돈 씨, 같이 가주셔야겠습니다."

"내가 왜?"

전용재가 시선을 창밖으로 던지며 말했다.

"몸이라도 성하게 가는 게 낫지 않겠습니까?"

"널 따라가면 최태성한테 죽을 텐데?"

신혁돈의 말에 전용재가 천천히 고개를 끄덕였다. 그리곤 가면을 쓰고 있는 네 사람을 바라보며 말했다.

"그럼 선택하십시오. 지금 저와 함께 공격대장님을 만나러 가거나, 혹은 네 사람의 죽음을 눈으로 본 뒤에 성치 않은 몸으로 끌려가시거나."

자신감이 가득 차다 못해 넘쳐흐르는 말투였다.

결국 신혁돈이 헛웃음을 터뜨렸다.

"선택지가 하나 더 있다."

"뭡니까?"

"너희 모두를 죽이고 마이더스에 내 기분을 상하게 한 책임을 묻는 것."

결국 전용재가 눈썹을 찌푸렸다.

"…말이 안 통하는군요."

전용재가 한 걸음 앞으로 나오며 허리춤에 있던 검을 뽑아들었다. 그러자 뒤에 서 있던 네 사람 또한 검을 뽑아들며 흉흉한 기세를 뿜었다.

검은 가면을 쓴 윤태수와 떨거지들은 마른 침을 삼키며 곧 벌어질 전투에 대비했다. 그에 반해 신혁돈은 아무런 대비도 하지 않은 채 한 걸음 앞으로 나서며 말했다.

"덤벼."

그 순간.

전용재가 수신호로 신혁돈을 가리켰다.

'내가 신혁돈, 나머진 맨투맨으로 마크한다.'

수신호를 받은 네 사람이 발걸음을 떼려는 순간.

신혁돈이 한 걸음 먼저 움직였다.

한 순간에 호흡을 뺏긴 다섯 사람 사이로 신혁돈이 뛰어들었다. 그리곤 기괴하게 변해 있는 팔로 전용재의 복부를 후려쳐 쓰러뜨린 순간.

"합!"

네 사람이 동시에 신혁돈을 향해 무기를 휘둘렀다.

쾅!

네 자루의 무기가 동시에 신혁돈의 몸에 적중했다. 하지만 살이 썰리는 섬뜩한 소리 대신 쇠를 후려친 듯한 소리가 퍼졌다.

"이런 미친……!"

완벽한 빈틈을 노리고 한 공격이 막혔다. 네 사람이 당황한 순간 신혁돈의 주먹이 한 명을 더 쓰러뜨렸다.

어느새 아르마딜로 리자드의 육체를 통해 피부를 강화시킨 신혁돈은 나머지 셋을 한순간에 정리해 버렸다.

복부를 얻어맞은 채 벽에 처박혀 있던 전용재가 몸을 일으키기까지 걸린 시간은 찰나라 불러도 모자란 시간이었다.

한데, 그사이 네 명이 쓰러졌다.

꿀꺽.

'괴물이다.'

각성자들끼리의 싸움에서 가장 중요한 것은 선공이다.

어지간한 각성자들은 모두 상대를 일격에 죽일 힘을 가지고 있지만 그 힘이 자신에게로 향했을 때 막을 능력은 없기 때문이었다.

'아무리 그래도……'

단 한 호흡을 내주었을 뿐인데, 넷이 쓰러지고 자신은 전투 불능 상태가 되었다.

심지어 얻어맞은 복부에서는 칼로 찌르는 듯한 고통이 계속되고 있었다.

전용재가 신혁돈을 바라보았다.

그때.

―무슨 일입니까?

그의 어깨에 있던 무전기가 치직거리며 목소리를 뱉었다.

콰직!

어느새 다가온 신혁돈이 무전기를 발로 찼다. 무전기가 부서지며 전용재가 다시 한 번 벽에 처박혔다.

전용재가 쓰러지기도 전에 신혁돈이 전용재의 턱을 올려 찼다. 전용재는 소리조차 내지 못한 채 정신을 잃고 쓰러졌다.

"이거, 묶어서 치워둬라."

"예."

전용재를 포박해 CCTV가 설치되어 있는 방에 던져둔 것을 확인한 신혁돈은 사무실을 나와 건물 밖으로 향했다.

―치직.

"뭐야?"

도주를 막기 위해 건물을 포위하고 서 있던 사내는 무전이 끊긴 무전기를 탁탁 쳐 보았다. 하지만 무전기는 묵묵부답.

전용재와 함께 들어간 네 사람의 무전기 또한 먹통이었다.

"뭐가 어떻게 된……."

그때, 건물 입구에 검은 실루엣이 보였다.

당연히 전용재라 생각한 사내가 실루엣에게로 다가간 순간.

쾅!

실루엣이 사내를 걷어찼고, 사내는 허공을 날아 바닥을 뒹굴었다. 그제야 상황을 파악한 이들이 각자의 무기를 빼들며 소리쳤다.

"공격!"

신혁돈은 건물의 입구에 선 채 장판파의 장비와도 같은 위용을 보였다.

마흔 명이 넘는 인원이 있었으나 좁은 건물 입구로 들어갈 수 있는 인원은 한정적이었다. 기껏해야 두 명이 들어갈 수 있을 정도.

하지만 두 명으로는 신혁돈의 상대가 되지 못한다.

상황을 지켜보던 지휘관은 이를 악물며 건물을 올려보았다. 그 순간 사무실의 창문이 보였고, 지휘관이 소리쳤다.

"2층으로 침투한다!"

신혁돈이 건물 밖으로 나와 공격대를 상대하는 것을 보고 전용재가 잘못된 것을 깨달은 이들이 창문을 통해 사무실로 침투했다.

대기하고 있던 윤태수와 떨거지들은 당황하지 않고 마법진을 발동시키며 전투를 시작했다.

개중 단연 돋보이는 것은 윤태수였다.

등에서 환한 빛을 발하며 사방으로 뛰어다니는 윤태수는 3등급 각성자들을 상대하는 데 전혀 부족함이 없는 전투 능력을 보여주었다.

하지만 한 손으로 여러 손을 막을 순 없는 노릇.

커다란 창문을 통해 열댓 명의 마이더스 공격대원들이 들어서자 윤태수는 막아내지 못하고 점점 뒤로 밀렸고, 세 떨거지들 또한 서로 등을 맞댄 채 수비에 급급하게 되었다.

그 순간.

아래층에서 환한 빛과 함께 포효가 터져 나왔다.

"콰우우우!"

그와 동시에 본연의 모습을 되찾은 도시락이 창문을 통해 사무실로 날아들었다.

"맙소사……."

사무실에 난입한 도시락은 길게 포효하며 화염을 내뿜었다. 좁디좁은 공간에 뿜어진 화염은 순식간에 마이더스 공격대를 휘감았다.

도시락의 의지에 의해 조종되는 불꽃은 윤태수 패거리는 피해가며 마이더스 공격대원들만 불태웠고, 순식간에 전세가 역전되었다.

하지만 괴물이 나타난 것을 본 마이더스 공격대원들이 합류하자 다시 한 번 전황이 팽팽해졌다.

날개를 곧게 펼 수 없는 공간이었기에 도시락이 제 힘을 제대로 사용할 수 없어 벌어진 상황이었다.

게다가 CCTV로 모든 상황을 찍고 있었기에 신혁돈의 몬스터 폼이 제약된 상황이었다.

전투가 지리해지려는 순간.

자동차의 엔진 소리와 함께 승합차들이 주차장으로 들어섰다.

"뭐, 뭐야!"

순식간에 차에서 내린 이들은 마이더스의 인원들을 제압해 나가기 시작했다. 더 가드의 공격대를 이끌고 온 간수호는 차에서 내리자마자 전황을 살폈다.

건물의 입구에는 시체인지 기절한 것인지 모를 사람들이 쓰러져 있고, 그 사이에 신혁돈이 오롯이 서 있었다.

간수호는 바로 신혁돈에게 달려갔다.

그 순간, 신혁돈이 자신에게 달려드는 이의 머리를 후려치며 간수호에게 말했다.

"늦었군."

순간 포식자의 눈이 발동되었고, 간수호는 신혁돈의 눈을 피하며 말했다.

"예… 좀 늦었습니다."

"나중에 얘기하지."

"예."

콰쾅!

그때 굉음과 함께 2층 창문을 통해 거대한 괴수가 튀어나왔다.

"맙소사……."

저번에 보았을 때보다 훌쩍 성장한 도시락의 모습을 처음 보는 간수호가 입을 떡 벌린 사이 하늘 높이 솟구쳐 오른 도시락이 날개를 흔들었다.

그러자 날개에 붙어 있던 마이더스의 공격대원이 비명을 지르며 주차장으로 떨어졌다.

도시락은 자신의 날개에 칼을 꽂은 공격대원이 바닥에 떨어지는 것을 보지 않겠다는 듯 더욱 빠르게 날아 공격대원을 낚아채 하늘로 올라갔다.

"끄악!"

비명소리와 함께 하늘에서 피의 비가 내렸다.

그로테스크한 광경에 간수호는 침을 꿀꺽 삼키며 신혁돈이 있던 자리를 바라보며 물었다.

"저건… 뭡니까?"

신혁돈은 이미 어디론가 사라지고 없었다.

*   *   *

"끄……."

겨우 정신을 차린 전용재가 눈을 뜨고 주변을 살폈다.

좁은 방 안에 십수 개의 모니터가 켜져 있었다. 화면을 자세히 바라본 전용재는 전부 CCTV의 화면임을 깨달을 수 있었다.

그리고 어디선가 나타난 이들이 마이더스의 공격대원들을 제압하고 있는 모습 또한 발견했다.

화면을 바라보던 전용재의 미간이 찌푸려졌다.

"간수호……!"

더 가드가 개입했다.

'…완벽히 당했군.'

모니터를 더 볼 필요도 없이 전황은 기울어 있었다.

여기서 붙잡히면 끝이라는 것을 아는 마이더스의 공격대원들이 결사의 항쟁을 벌이고 있긴 했지만, 사람 수나 실력에서 상대가 되지 않았다.

전용재가 눈을 감았다.

'최악의 상황…….'

CCTV라도 없애야 한다.

영상 증거라도 없다면 최소한 발을 뺄 수 있는 여지는 생길 것이었다. 마음을 먹은 전용재가 몸을 묶고 있는 밧줄을 풀기 위해 힘을 주었다.

간신히 몸을 묶고 있는 밧줄을 풀어낸 전용재가 모니터들을 한번 바라본 뒤 하드를 찾아냈다.

　전용재가 주먹으로 내려치려는 순간.

　휙!

　쿵!

　누군가가 전용재의 뒷덜미를 낚아챘다. 뒤로 넘어진 전용재는 자신을 넘어뜨린 존재가 누구인지도 확인하지 않고 다시 한 번 하드 디스크를 향해 몸을 날리며 주먹을 뻗었다.

　퍽!

　때렸다.

　하지만 하드 디스크가 아닌, 사람의 손이었다.

　"그만."

　전용재의 주먹을 쥔 신혁돈이 손에 힘을 주었다. 그러자 전용재의 손뼈가 바스러지며 신음을 흘렸다.

　"너, 끝났어. 인마."

　전용재가 고개를 들어 올려보았다.

　신혁돈의 어깨 뒤로 간수호의 얼굴이 보였다.

　간수호는 전용재의 얼굴을 보고서는 방정맞은 목소리로 말했다.

　"세상에, 마이더스 제2공격대의 부공격대장 전용재 씨 아니십니까?"

　전용재는 손에서 느껴지는 고통에 인상을 찌푸리며 물었다.

"네가… 왜?"

"저의 절친한 친우인 신혁돈 씨를 누군가가 습격하려 한다는 말을 듣고 한달음에 달려왔죠. 그런데 세상에나, 그게 마이더스일 거라고는 상상도 못했습니다. 설마 최태성 씨가 시켰습니까? 자신에게 불리한 증거를 없애라고? 그렇다면 최태성 씨가 저지른 살인이 진짜라는 소리네요? 세상에나……."

간수호의 말이 길어지자 신혁돈은 미간을 찌푸렸다.

'원래 이런 놈이었나?'

평소보다 들뜬 모습.

그도 그럴 것이 간수호로서는 기쁠 수밖에 없는 상황이었다.

얼마 전, 신혁돈의 말 한마디를 길드에 전한 것으로 승진했다.

한데 이번에는 마이더스의 공격을 직접 막아냈다. 물론 사실과는 거리가 있긴 하지만 어떤가, 언론에는 그렇게 나갈 텐데.

이제 마이더스의 입지는 신문지 한 조각보다 작아질 것이고 최태성의 범죄를 옹호하던 사람들 또한 사라질 것이었다.

그렇게 되면 가장 큰 이득을 보는 단체는 더 가드다.

그리고 이 일에 가장 큰 공을 세운 간수호는 더욱 큰 보상을 받을 것이 분명했다.

간수호가 다시 한 번 입을 열려는 순간. 신혁돈이 간수호의 어깨를 짚었다.

"바깥 정리나 좀 도와주시죠?"

"암요, 누구 말씀인데."

간수호는 과장되게 고개를 끄덕이곤 방을 나섰다.

신혁돈은 옆에 놓여 있는 의자를 끌어와 쓰러져 있는 전용
재의 앞에 앉았다.

벽에 기댄 채 시선을 내리깔고 있는 전용재를 슥 바라본 신
혁돈이 말했다.

"살고 싶나?"

대답이 없다.

신혁돈은 테이블 위에 놓인 파일을 들어 몇 페이지를 뒤적
거리더니 말했다.

"딸이 많이 아프다 들었다."

그제야 전용재의 고개가 들렸다.

"그래서 많은 돈이 필요했고, 최태성의 발 닦개가 되었다
라… 딱한 사연이군."

신혁돈은 쯧 하고 혀를 찬 뒤 말을 이었다.

"이대로 가면 딸도, 너도 끝이야."

신혁돈이 몸을 숙여 전용재에게 가까이 가며 말했다.

"살리고 싶으면 나한테 기어라."

신혁돈의 말에 그의 눈을 바라보던 전용재가 다시 한 번 고
개를 떨궜다.

　　　　　*　　　　　*　　　　　*

　전용재가 약속한 시간이 지났다.

　초조한 얼굴로 핸드폰을 바라보던 최태성은 다시 한 번 전용재에게 전화를 걸어보았지만 여전히 연락이 되지 않았다.

　"씨발……."

　무슨 일이 생긴 게 분명하다. 하지만 무슨 일인지 알 도리가 없다. 그의 수족과 같던 고정훈은 사라져 버렸고, 전용재는 연락이 되지 않는다.

　계속해서 핸드폰을 만지작거리던 최태성은 벌떡 일어나 거실로 향했다.

　최태성은 거실에 놓인 큰 테이블을 뒤집고 바닥에 깔린 카펫을 치웠다. 그러자 바닥 색과는 확연히 다른 비밀스러운 공간이 드러났다.

　최태성은 비밀 공간을 바라보며 입술을 씹었다.

　지금이라도 '그들'에게 도움을 청해야 하나.

　그들에게 도움을 청한다면 신혁돈 처리는 물론이거니와 모든 상황을 깨끗이 정리해 줄 것이었다.

　문제는 자신의 입지.

　3등급 능력자 한 명을 처리하지 못해 쩔쩔맨다는 이미지가 생긴다면 그들의 지원이 끊길 수도 있다.

최태성은 고개를 저었다.

'이미 늦었다.'

조용히 처리하기에는 이미 일이 너무 커져 있었다. 이번 일을 처리하지 못하고 쓰러지느니 이번 일을 확실히 처리하는 게 낫다.

물론 자신에 대한 평가가 안 좋아지고 입지가 좁아지겠지.

'멍청한 새끼……'

전용재의 일처리가 조금만 더 확실했다면 이런 일이 벌어지지 않았을 것이다.

아니, 애초에 신혁돈, 그놈을 고정훈이 처리했었다면…….

최태성은 고개를 휘휘 젓고서 비밀 공간을 열었다. 어른 주먹 하나만 한 공간에는 이제는 찾기도 힘든 구식 폴더폰이 들어 있었다.

최태성이 마른 침을 삼키고선 폴더폰을 열었다.

그러자 자동으로 전화가 걸렸고 수화음이 몇 번 울리기도 전에 누군가 전화를 받았다. 그러자 최태성이 일본어로 말했다.

"…도움이 필요합니다."

*　　　　*　　　　*

경찰의 사이렌 소리와 구급차의 사이렌 소리가 섞여 시끄럽게 울렸다.

일반 경찰이 아닌 각성자를 상대하는 경찰들과 관리국에서 나온 요원들이 마이더스 공격대원들을 연행했다.

개중 부상이 심한 이들은 구급대원들이 치료를 하고 병원으로 호송하고 있었다.

상황이 정리되는 것을 바라보던 간수호의 눈에 이채가 띠었다.

"저건 뭐야."

등에 LED 판넬이라도 달아둔 듯 환한 빛을 발하고, 얼굴에는 검은 가면을 쓴 사내가 여기저기 돌아다니며 현장 지휘를 하고 있었다.

만화에나 나올 법한 비현실적인 비주얼과는 다르게 의외로 유능했다. 무슨 지휘를 하고 다니는지 그의 손이 닿는 곳마다 일처리가 빨라지고, 소란이 해결되고 있었다.

그의 행보를 바라보던 간수호가 다가가 말했다.

"…저기요."

한창 열심히 뛰어다니던 검은 가면의 사내, 윤태수는 간수호를 힐끗 쳐다보곤 하던 일을 하며 답했다.

"예."

"혁돈 씨 쪽 사람이시죠?"

"그렇습니다만."

"왜 가면을 쓰고 계십니까?"

간수호가 말을 걸고 있음에도 자기 할 일을 하던 윤태수가 바쁘게 움직이던 손을 멈추고 간수호에게로 시선을 던졌다.

"왜 썼겠습니까?"

"…신분을 감추려고?"

"예."

"보통 신분을 감출 때는 남의 눈에 띄기 싫어 그러는 경우가 대부분인데… 당신은 너무 눈에 띄지 않습니까?"

간수호의 시선이 윤태수의 등 쪽으로 향했다.

어디에 어떻게 있든 간에 100m 밖에서도 찾아낼 수 있을 것 같은 환한 빛.

윤태수는 가면 밑으로 인상을 구겼다.

가면 너머를 파악할 도리가 없는 간수호는 여전히 궁금하다는 얼굴로 윤태수를 바라보고 있었다.

"하고 싶은 말이 뭡니까?"

"별건 아닙니다만……."

"그럼 하지 마십시오."

윤태수는 간수호의 뒷말을 끊어버리고는 다른 곳으로 이동했다. 그의 등을 바라보던 간수호는 쯧 하고 혀를 찬 뒤에 시선을 돌렸다.

그러자 건물에서 밖으로 나오고 있는 신혁돈의 모습이 보였다.

간수호가 신혁돈에게 다가가 물었다.

"어떻게 됐습니까?"

"잘됐습니다."

'잘이 아니라 어떻게 됐냐고……'

말을 꾹 삼킨 간수호는 다시 한 번 물었다.

"전용재가 협조하겠답니까?"

그러자 신혁돈이 간수호를 바라보며 물었다.

"충분하지 않습니까?"

뜬금없는 말에 간수호가 바닥으로 시선을 던졌다가 다시 신혁돈을 바라보며 물었다.

"무슨……?"

"마이더스의 제2공격대를 아무런 손실 없이 무너뜨렸잖습니까. 그걸로 충분한 성과를 냈을 텐데 뭘 더 얻어가려고 들 쑤시고 다니느냐 이 말입니다."

신혁돈의 돌직구에 간수호는 시선을 돌리며 코를 문질렀다.

"들쑤시다니… 그냥 현장 정리를 하러 다닌 거죠."

"정리도 다 된 것 같은데 이만 돌아가시죠. 아이템에 관해서는 다음에 만나서 얘기합시다."

간수호는 천천히 고개를 끄덕였다.

무언가 더 얻어갈 건더기가 없나 돌아다녀 봤지만 그 주인에 그 종이라고, 신혁돈이나 그의 사람들이나 바늘로 찔러도 피 한 방울 나올까 의심스러운 사람들이었다.

"알겠습니다. 그럼 나중에 연락드리죠. 아, 보도는 어떻게……?"

경찰과 구급대원들 사이로 기자들이 하나둘씩 모습을 드러
내고 있었다. 신혁돈은 바쁘게 움직이고 있는 윤태수를 한 번
바라본 뒤 말했다.

"양보해 드립니까?"

신혁돈의 말에 간수호의 입꼬리가 귀까지 올라갔다.

만약 신혁돈이 주도해서 기자들을 상대하게 되면 더 가드
가 부각될 기회가 줄어들고, 최태성에 대해서만 말할 가능성
이 높았다.

하지만 더 가드가 인터뷰를 맡는다면?

몇 백억 이상의 광고 효과를 노릴 수 있었다.

"그러면 감사하죠."

"말로만 감사하는 분은 아닐 거라 믿습니다."

"당연하죠."

싱글벙글 미소를 지은 간수호가 기자들을 향해 걸어가자
신혁돈은 윤태수를 데리고 사무실로 올라갔다.

"저거 뭐하는 놈입니까?"

"더 가드 거머리."

"무슨 거머리들이 득실득실합니다. 징그러운 해충 놈들."

"거머리도 잘 쓰면 약이다."

"그건 그렇습니다만······."

윤태수는 혀를 한 번 차고선 CCTV가 있는 방을 바라보았
다.

"전용재는 어떻게 하실 겁니까?"

"뭘?"

"한 번 쓰고 버리긴 아까운 인재 아닙니까? 휘두르는 방향
이 잘못돼서 그렇지, 객관적으로 보면 훌륭한 몽둥이 같은데."

신혁돈이 특유의 무표정한 얼굴로 물었다.

"도구는 죄가 없다?"

"그건 아닙니다만… 이용할 수 있는 건 최대한 이용하는 게
좋지 않겠습니까?"

"한 번이면 족해."

신혁돈의 단호한 대답에 윤태수가 고개를 주억였다.

"알겠습니다."

"애들은?"

"휘말려서 헛소리 하는 것보다 숨겨 두는 게 나을 거 같아
서 일단 돌아가라 했습니다."

"잘했다."

"다음 계획은 언제 진행하실 생각이십니까?"

"뜸을 더 들일 필요 있나?"

"없지 말입니다."

"내일 바로 진행한다."

"그럼 오늘은 쉬라 하겠습니다."

"그래."

                    *   *   *

"후……"

전화를 끊은 최태성은 비밀 공간에 폴더폰을 넣어 두곤 침대로 돌아왔다. 침대에 걸터앉은 최태성은 담배를 꺼내 물었다.

어찌어찌 잘 해결되었다.

신혁돈을 처리해 준다는 확답을 받았고, 이번 일까지 정리해 준다는 첨언까지도 들었다.

그런데 알 수 없는 불안감이 들었다.

만약, 정말 만약에 저들조차 실패한다면 어떻게 되는 거지?

그 순간.

담배를 쥐고 있던 최태성의 손이 부들부들 떨리기 시작했다.

"아, 안 돼!"

최태성은 자신의 팔목을 부여잡았지만 떨림은 더욱 심해졌고, 곧 눈앞이 캄캄해졌다. 그와 동시에 사방에서 시체들이 기어 나왔다.

자신이 죽인 사람들, 그들의 가족들.

원망 섞인 저주와 함께 최태성의 몸을 손톱으로 찢고 이로 씹었다.

"으아! 으아아!"

각성자의 능력도, 이 자리까지 올라올 수 있었던 머리도…
아무것도 통하지 않는다. 최태성에게 허락된 것은 비명을 지
르는 것뿐이었다.

한참 동안 몸을 뒤틀며 비명을 지르던 최태성은 손가락 사
이가 뜨거워지는 것을 느끼며 눈을 떴다.

아직까지 부들부들 떨리는 손가락 끝에 필터까지 타들어간
담배가 걸쳐져 있었다.

영겁의 시간 동안 고통받은 것 같지만 현실에서 지난 시간
은 담배 한 대가 다 타들어갈 시간밖에 지나지 않았다.

최태성은 몸을 웅크린 채 부들부들 떨었다.

환상일 뿐이라고, 자신에게 해를 끼칠 수 없다는 것을 알고
있다.

하지만 알고 있는 것과 그것을 실천하는 것은 영역이 다른
문제다.

아직까지도 피부가 찢기고 생살을 씹히는 고통이 온몸에서
느껴지고 있었다. 자신의 두 팔을 감싸 쥔 최태성은 두려움에
눈조차 감지 못한 채 온몸을 떨었다.

"…씨발."

이유도 알 수 없는 환상.

정신과 상담도 받을 수 없다.

'내가 죽인 사람들이 날 괴롭힌다.'

라고 말할 수는 없는 노릇이니까.

곧 진정이 된 최태성은 다 타버린 담배를 던져 버린 뒤 새로운 담배를 꺼내 물었다.

그때, 그의 핸드폰이 울렸다.

마이더스의 길드 마스터였다.

최태성이 몰락한 후 처음 오는 전화였다. 최태성은 한참을 핸드폰의 화면을 바라보다 끊기기 직전 전화를 받았다.

─무슨 짓을 한 거냐!

"예?"

─…네가 무슨 짓을 한 지도 몰라? TV 틀어봐.

최태성은 불안감을 느끼며 TV를 틀었다. 마침 뉴스가 나오고 있었다.

리포터의 뒷배경은 마치 전쟁터를 연상시키듯 반쯤 폐허가 된 건물과 주차장이 비춰지고 있었다.

─당일 새벽, 마이더스의 제2공격대가 패러독스 길드를 습격했습니다. 패러독스 길드는 최태성 씨 동영상의 유포자로 알려진 신혁돈 씨가 길드 마스터로 있는 길드입니다. 당일 새벽, 마이더스의 공격이 시작되자 신혁돈 씨는 평소 친분이 있던 더 가드의 간수호 씨에게 연락을 했고…….

까득.

최태성의 이 가는 소리와 동시에 수화기너머의 목소리가 말했다.

　—더 이상 지켜줄 수 없다.

　"더 이상? 언제 날 지켜줬다고 그러십니까?"

　최태성의 비아냥에도 마스터는 덤덤한 목소리로 말했다.

　—차라리 나한테 말하지 그랬냐. 내가 처리해 줄 수…….

　"말? 뒤에서 날 쫓아낼 궁리만 하고 있던 주제에 말? 하!"

　듣고 있던 최태성이 폭발했다.

　—태성아…….

　"닥쳐! 씨발! 당신이, 아무것도 모르던 당신을 데려다가 마이더스를 키운 게 누군데! 당신이 날 버리고도 무사할 것 같아? 아니, 내가 이대로 무너질 것 같아? 나, 최태성이 이렇게 무너질 거 같냐고!"

　—…어쩔 수 없었다.

　"뭘 어쩔 수 없어! 당신이 그러면 안 되지. 당장에라도 저 새끼 묻으면 끝나는 일이잖아. 당신, 내 뒤에 누가 있는지 잊었어?"

　—…알지.

　"그런데 이따위로 행동한다고? 마스터 자리가 그렇게 안락했나? 뇌에 녹이 슬어 생각도 못할 정도로?"

　—네가 자초한 일이다.

　그 말을 마지막으로 전화가 끊겼다. 분노한 최태성은 휴대폰을 쥐고선 이를 악물었다.

"개 같은 새끼들… 제대로 된 새끼가 하나 없어! 씨발… 그 래, 다 갈아엎고 새로 시작하자. 일단 모든 걸 지우고… 그래 신혁돈부터 지우자."

말을 마친 최태성의 눈이 기괴한 빛을 발했다.

*　　　　*　　　　*

오랜만에 사우나를 찾은 신혁돈은 온탕에 몸을 담갔다.

가벼운 샤워 후 온탕에 몸을 담그면 어떤 복잡한 상황에 처 해 있더라도 모든 잡념이 사라진다.

"후……."

긴 한숨을 내쉰 신혁돈이 얼굴을 한 번 닦았다.

그때, 신혁돈의 얼굴 위로 그림자가 드리웠다.

검은 옷의 사내.

신혁돈은 그제야 목욕탕에 손님이 자신밖에 없다는 사실 을 깨달았다.

늦은 시간이라 그러려니 생각했던 것이 실수다.

신혁돈은 몸을 일으켰고, 이내 검은 옷을 입고 검은 마스 크를 쓴 사내를 발견할 수 있었다.

"누구지?"

사내는 아무런 말 없이 검을 뽑아들었다.

'각성자군.'

신혁돈은 온몸의 근육을 긴장시키며 에르그 에너지를 풀어 상대를 살폈다.

4등급 이상이다.

최태성만큼의 실력자. 어쩌면 그 이상.

아르마딜로 리자드 몬스터 폼을 발휘시키려던 신혁돈이 멈칫했다.

사내의 몸에서 익숙한 에르그 에너지 파장이 흘러나오고 있었다.

저번 삶.

신혁돈의 목숨을 끈질기게 노리던 길드가 있었다.

그들은 자신들만의 에르그 에너지 연공법을 개발했고, 그로 인해 모든 길드원이 같은 에르그 에너지 파장을 가지고 있었다.

생각을 마친 신혁돈이 물었다.

"텐구?"

그 순간.

무표정했던 사내의 미간이 찌푸려졌다.

"…어떻게 알았지?"

말을 마친 순간, 사내는 자신이 실수했음을 깨달았다.

그와 동시에 사내가 검을 휘둘렀다.

순식간에 아르마딜로 리자드 몬스터 폼을 발동시킨 신혁돈은 사내의 검을 몸으로 막아냈다.

창졸지간에 펼쳐진 검격이라 제대로 된 힘이 담기지 않았기에 쉽게 막아낸 것이었다. 신혁돈은 뒤로 훌쩍 뛰며 말했다.

"대화 좀 하지?"

사내는 대화할 마음이 없는지 다시 한 번 검을 휘둘렀고, 신혁돈은 공격을 피하며 말했다.

"말하기 싫은가 보군. 그럼 하게 만들어주지."

*　　　　　*　　　　　*

촤악!

신혁돈의 오른손에 돋아난 몰맨의 손톱이 사내의 손목을 베었고, 목욕탕 천장까지 피가 튀었다.

땡그랑!

사내의 손과 함께 들려 있던 검이 떨어졌다.

그럼에도 사내의 눈에는 아무런 감정도 서리지 않았다.

사내는 무기를 놓친 순간 멈추었다. 그러자 신혁돈이 말했다.

"최태성 뒤에 텐구가 있었나?"

그렇다면 모든 것이 설명된다.

안하무인으로 사람을 죽이는 행보와 그것을 묻는 능력. 그리고 빠른 성장까지도.

사내는 대답 대신 바닥에 떨어진 검으로 시선을 옮겼다.

그 순간.

사내는 몸을 숙이며 검의 손잡이를 쥐었다.

퍽!

하지만 검을 들기 직전 신혁돈이 사내의 가슴을 발로 찼다.

어글리 베어의 힘과 아르마딜로 리자드의 피부가 합쳐져 거대한 바위에 가슴팍을 치인 듯한 충격에 사내가 피를 토하며 벽에 처박혔다.

신혁돈은 바닥에 놓인 검을 들었다.

외날의 검.

일본도의 검신에는 팔십칠(八十七)이라는 한자가 새겨져 있었다.

"87… 비응주구인가."

비응주구(飛鷹走狗)

매를 날리고 개를 푼다는 뜻으로 사냥을 시작한다는 사자성어다.

비응주구는 텐구의 실질적인 힘으로서 암살과 공작 등 어두운 일을 처리하는 집단이며 1번부터 99번까지 총 99명으로 구성되어 있고 1에 가까울수록 강하다.

텐구의 고위 간부가 아닌 이상 그 누구도 모르는 정보.

감정이 없던 사내의 눈이 크게 뜨였다.

"넌… 누구지?"

사내가 어눌한 한국어로 물었다.

신혁돈은 고개를 휘휘 저으며 말했다.

"내 질문에 먼저 대답해라. 최태성의 뒤에 텐구가 있나?"

사내는 눈을 돌렸다가 천천히 고개를 끄덕였다. 흠, 하고 비음을 흘린 신혁돈이 물었다.

"…언제부터?"

"네가 대답할 차례다."

"신혁돈이다, 언제부터 최태성이 텐구의 꼭두각시 노릇을 했지?"

"처음부터."

"각성한 그때부터?"

"그렇다. 너의 뒤에는 누가 있지?"

87의 대답을 들은 신혁돈은 목을 벅벅 긁었다.

예상이 그대로 들어맞았으나 기쁘기는커녕, 머리만 복잡해졌다.

지난 삶, 신혁돈은 죽기 전 3년 동안 비응주구에게 쫓겼다.

물론 그를 쫓는 것이 비응주구만 있는 것은 아니었으나 개중 가장 심한 것이 비응주구였다.

저격과 미인계, 먹는 것에 독을 타는 것은 물론이거니와 변기에까지 폭탄을 설치하는 놈들이었다.

그런 놈들이 최태성과 한패였다니.

최태성이 신혁돈의 아래로 들어오게 된 것은 신혁돈이 죽기 3년 전.

앞에서는 미소를 짓고 형님, 형님 하며 간이고 쓸개고 다 빼줄 것 같이 행동하더니 뒤에서는 텐구를 통해 신혁돈의 목숨을 노리고 있었다는 것이었다.

그것도 신혁돈의 아래로 들어오자마자.

신혁돈은 갑자기 뻐근해져 오는 뒷목을 주무르며 말했다.

"아무도 없다. 최태성을 돕는 이유가 뭐지?"

"모든 것은 텐구의 뜻이다."

익숙한 문장에 신혁돈의 미간이 찌푸려졌다.

지난 삶, 수많은 비웅주구가 신혁돈의 손에 생을 마감했다. 그들은 생명의 불꽃이 꺼져가는 상황에도 항상 같은 말을 외쳤다.

텐구.

텐구 길드의 마스터로서 길드뿐만 아니라 일본 내에서까지 영웅을 넘어 신급으로 추앙받는 사람.

성별도, 나이도 아무것도 밝혀진 것이 없으며 텐구라는 이름답게 붉은 얼굴에 큰 코를 가진 텐구 가면을 쓰고 다닌다.

사내는 질문을 멈추고 신혁돈을 바라보며 말했다.

"우리와 손을 잡자."

예상외의 말에도 신혁돈은 아무런 기색 없이 사내의 몸을 훑었다.

당장에라도 숨이 끊어질 듯 숨을 헐떡이고 있었으나 어딘지 모를 여유가 느껴졌다.

게다가 질문을 주고받으며 신혁돈의 정보를 캐내고 있다.

즉 신혁돈의 손에서 살아나갈 수 있는 비장의 한 수가 있다는 뜻.

신혁돈은 그 수를 보기 위해 일부러 틈을 보이며 답했다.

"제2의 최태성이 되라는 건가?"

"그렇다."

"싫다면?"

사내가 단호히 답했다.

"죽는다."

"무슨 수로?"

사내가 눈을 감으며 물었다.

"거절인가?"

"거절이다."

신혁돈의 대답과 동시에 사내가 눈을 떴다.

그 순간 사내 몸속의 에르그 에너지가 요동치며 어두운 기류를 뿜었다. 어두운 기류는 순식간에 온몸을 감쌌고, 사내는 먹구름으로 된 갑옷을 입은 모양새가 되었다.

먹구름 사이로 보이는 사내의 상처가 빠르게 아물었다. 게다가 잘렸던 손목 또한 먹구름으로 변해 다시 붙었다.

사내는 먹구름으로 된 일본도를 만들어내며 신혁돈에게 달려들었다.

그와 동시에 목욕탕 내부의 불이 꺼지며 어둠에 휩싸였다.

'이거였군.'

신혁돈은 몰맨의 눈을 발동시키며 자신의 목을 노리고 베어오는 검을 막아냈다.

챙!

몰맨의 손톱이 사내의 검을 막아낸 순간, 신혁돈의 주먹이 사내의 갈비뼈를 후려쳤다.

후웅!

그 순간 사내의 몸이 연기로 화했고, 신혁돈의 주먹은 사내의 몸을 뚫고 지나갔다. 신혁돈의 자세가 흐트러진 순간, 사내의 검이 신혁돈의 가슴을 깊게 베었다.

카가각!

마치 검으로 바위를 긁는 듯한 소리가 목욕탕을 크게 울렸다.

사내의 얼굴에 당황이 서린 순간.

신혁돈이 다시 한 번 검을 든 사내의 손목을 잘라버렸다.

"어디서 본 장면 같지?"

사내가 뒤로 한 걸음 물러선 순간. 몰맨의 손톱이 사내의 머리를 꿰뚫었다.

*　　　　*　　　　*

정신없이 바쁜 하루를 보낸 윤태수는 풍비박산 난 사무실을 보며 한숨을 내쉬었다.

새로운 시작을 한답시고 꾸몄던 것이 한 달도 되지 않았는데 이런 꼴이라니.

다시 한 번 한숨을 내쉰 윤태수가 사무실을 나와 자신의 차에 올랐다.

그때 윤태수의 핸드폰이 울렸다.

신혁돈이었다.

"예."

—사무실 근처 사우나, 시체 한 구, 치워야 한다.

"…예?"

—습격을 당했다.

"바로 가겠습니다."

전화를 끊은 윤태수는 차를 끌고 사우나로 향했다.

"이건 또 무슨 일이야……."

사우나 건물 전체의 불이 꺼져 있었다.

건물에 들어서서 사우나의 카운터까지 걸어갔으나 인기척 하나 느껴지지 않았다.

마른 침을 꿀꺽 삼킨 윤태수는 신발을 신은 채로 목욕탕으로 향했고 이내 물소리를 들을 수 있었다.

윤태수는 살짝 긴장을 하며 에르그 에너지를 끌어 올렸다.

그의 등이 빛나며 어두운 사우나 내부를 환히 밝혔다.

목욕탕에 들어선 순간.

후끈한 공기 사이로 비릿한 피 냄새가 후각을 자극했다.

윤태수는 미간을 찌푸리며 주변을 살폈고 이내 머리가 박살 난 채 이리저리 물을 뿜고 있는 두꺼비 분수를 발견했다.

그리고 분수에 기댄, 머리가 없는 시체 또한 윤태수의 눈에 들어왔다.

윤태수는 욕지기가 치밀어 오르는 것을 참으며 신혁돈을 불렀다.

"형님?"

그러자 구석에서 물을 끄는 소리와 함께 신혁돈이 모습을 드러냈다.

"…맙소사. 샤워하셨습니까?"

"피가 튀어서."

신혁돈은 물에 젖은 머리를 털며 시체를 가리켰다.

"일본의 텐구라는 길드를 아나?"

"이름은 압니다만… 설마 일본에서 형님을 습격한 겁니까?"

신혁돈은 고개를 끄덕인 뒤 말을 이었다.

"최태성 뒤에 텐구가 있었다."

윤태수는 신혁돈과 시체를 한 번씩 번갈아 본 뒤 한숨을 내쉬었다.

"그래서… 최태성이 형님 암살을 요구했고 텐구가 습격을 했는데 그걸 막아내신 겁니까?"

"그렇지."

"텐구라는 건 어떻게 아셨습니까?"

"지 입으로 말하던데?"

윤태수의 얼굴이 한 대 얻어맞기라도 한 듯 형편없이 구겨졌다.

텐구라면 한국의 최고라 불리는 마이더스나 더 가드보다 한 끗발 위에 있는 길드다. 그런 길드의 암살자가 자신이 누군지 밝히며 암살을 한다?

'말도 안 되는 소리를……'

윤태수는 비아냥거리는 뉘앙스로 물었다.

"지가 어디 소속이고, 이름이 뭔지는 말 안 합디까?"

"비웅주구 소속, 87번."

윤태수의 입이 떡 벌어졌다.

"…그것도 지 입으로 말한 겁니까?"

신혁돈이 고개를 끄덕이자 윤태수는 뒷목을 주물렀다.

"도대체가……"

뭐가 어떻게 돌아가는 것인지 감조차 잡히지 않았다.

그 와중에 하나는 확실했다.

신혁돈이 텐구에게 목숨을 위협받고 있다는 것.

정작 목숨을 위협받고 있는 사람은 아무 일 없다는 듯 수건을 꺼내 머리를 털고 몸을 닦고 있었다. 신혁돈은 목욕탕을 나섰고 윤태수는 그의 뒤를 따라가며 물었다.

"어떻게 하실 겁니까?"

"되로 받았으니, 말로 갚아줘야지."

"…텐구를 상대로 말입니까?"

신혁돈은 드라이기를 켜고 머리를 말리기 시작했다. 윤태수의 말은 드라이기 소리에 묻혔고, 신혁돈의 알몸을 보고 있기 거북해진 윤태수는 냉장고로 가서 바나나 우유 하나를 꺼내 들었다.

어떻게 한 것인지 사우나 안에 사람이 한 명도 없었다.

건물 전체의 불이 꺼진 것을 보면 건물 안에 사람이라곤 신혁돈과 윤태수 둘뿐일 가능성도 있었다.

'건물의 불?'

바나나 우유를 마시던 윤태수의 손이 멈추었다.

"…형님."

머리를 다 말린 신혁돈은 옷을 입다가 대답했다.

"왜."

"불이 언제 꺼졌습니까?"

"싸울 때."

"…그럼 87호 하나만 있는 게 아니라 한패가 있다는 거 아닙니까?"

초조해하는 윤태수를 힐끗 본 신혁돈이 답했다.

"그렇지."

"이러고 있으면 안 되는 거 아닙니까?"

어느새 트레이닝복을 다 입은 신혁돈은 아이가투스의 눈속임 망토를 걸치며 말했다.

"벌써 도망갔다."

"어떻게 아십니까?"

"습격할 거라면 진즉에 했을 거고, 암습을 준비하고 있었다면 네가 못 들어왔겠지."

윤태수는 목주변이 서늘해지는 것을 느꼈다.

"…제가 미끼였던 겁니까?"

"물고기를 잡아먹는 미끼도 있나?"

신혁돈은 암습을 당했어도 윤태수가 이길 것이라 믿은 것이다.

근거 없는 믿음에 기분이 묘해진 윤태수는 뒤통수를 벅벅 긁으며 물었다.

"그럼 잡아야 하는 거 아닙니까?"

망토까지 걸친 신혁돈이 냉장고에서 맥주 한 캔을 꺼내며 말했다.

"마누라 도망가겠다."

"…예?"

"그만 좀 떽떽대라."

신혁돈의 일침에 윤태수가 입을 다물었다.

오늘 벌어진 일이 아직 정리도 되지 않았는데, 일본의 거대 길드인 텐구가 개입되어 있다는 소식을 듣자 윤태수 자신도 모르게 흥분한 모양이었다.

시선을 돌린 윤태수는 마시다 둔 바나나 우유를 발견하곤 한 모금을 마셨다.

치익.

그사이 듣기만 해도 청량한 소리와 함께 신혁돈이 맥주 한 캔을 원 샷했다. 그리곤 지갑을 꺼내 만 원짜리 한 장을 카운터에 올려 둔 신혁돈이 윤태수를 보고 말했다.

"피곤하냐?"

신혁돈의 말에 윤태수의 시선이 시계로 향했다.

새벽 두 시.

"괜찮습니다."

"그래, 그럼 움직인 김에 오늘 다 끝내자."

"최태성… 지금 잡습니까?"

"그래."

텐구의 비웅주구를 본 순간, 궁금증이 일었다.

'나를 죽인 건 최태성인가? 아니면…….'

그게 아니라면 최태성이라는 마리오네트를 움직인 누군가가 있을 지도 모른다.

신혁돈은 천천히 과거를 복기해 보았다.

어느 순간부터 자신은 신혁돈이라는 이름보다 괴물 혹은 범죄자, 테러리스트 등으로 불리기 시작했다.

주변의 시선 따위 개의치 않았던 신혁돈은 자신을 습격하는 이들을 죽이고, 그들을 역추적해 길드까지 박살 내곤 했다.

그 덕에 신혁돈에 대한 소문은 더욱더 커졌고, 결국엔 진짜 범죄자가 되었다.

지금 생각해 보면 정말 얕은 수다.

거짓 소문을 낸 뒤, 대상을 자극해 거짓을 진실로 만드는 수.

하지만 당할 당시에는 생각도 못 했기에 당했다.

제일 처음 자신을 습격했고, 결국 자신의 손에 박살 난 길드가 만약 만들어진 길드였다면?

'그때 역추적을 담당한 놈이……'

최태성이었지.

"하."

신혁돈이 갑자기 헛웃음을 터뜨리자 바나나 우유를 하나 더 꺼내던 윤태수가 토끼눈을 하곤 신혁돈을 바라보았다.

"왜 웃으십니까?"

"내가 너무 멍청해서."

"갑자기 무슨……"

그때와는 다르다.

지금의 신혁돈은 그들보다 많은 것을 알고, 그들보다 뛰어나다.

당하려야 당해줄 수가 없을 정도.

신혁돈은 미소를 띠운 채 사우나를 걸어 나갔다.

"아니다. 가자."

말을 마친 신혁돈은 고개를 휘휘 젓고선 사우나를 빠져나 갔다. 윤태수는 그의 뒷모습을 바라보다가 바나나 우유를 주 머니에 집어넣고선 신혁돈의 뒤를 따라 사우나를 빠져나갔다.

✳   ✳   ✳

"끄아!"

지독한 환영이 또다시 찾아왔다.

가까스로 버텨낸 최태성은 입안에 고인 피를 아무데나 뱉 고선 몸을 일으켰다.

환상이 주는 고통을 이겨내기 위해 이를 악물다 보니 잇새 로 피가 흘러나온 것이다.

"씨발……."

환영이 끝나자 최태성은 핸드폰을 바라보았다. 환영에 시달 리는 사이 연락이 왔나 확인했지만 아무런 연락도 오지 않았 다.

비웅주구가 나선 이상 신혁돈은 죽은 목숨이라 보아도 무 방했다.

그가 죽으면 이 끔찍한 환영 또한 사라질 것이라 믿었다.

그렇기에 최태성은 빛 한 점 없는 방에 쭈그려 앉아 불 꺼진 핸드폰의 액정을 바라보고 있었다.

'이토록 무력했던 적이 있었나?'

자신의 손으로 할 수 있는 것이 단 하나도 없었다. 당장에라도 달려가 신혁돈의 숨통을 끊어버리고 싶었지만 그러기엔 세간의 이목이 그를 가만두지 않을 것이었다.

"젠장……."

할 수 있는 것이라곤 담배를 피우는 것뿐.

최태성은 담배를 물고 불을 붙였다.

그리고 허공을 향해 연기를 뿜은 순간.

연기가 투명한 벽에 부딪히기라도 한 듯 양옆으로 갈라졌다.

방금까지 환영에 시달린 탓에 아직까지 머릿속이 멍했다.

최태성은 눈을 가늘게 뜨며 허공을 향해 손을 뻗었다. 그의 손끝에 까끌까끌한 무언가가 만져졌다.

"…뭐지?"

그 순간.

허공이 갈라지며 오색찬란한 빛이 흘러나왔다. 갑작스러운 빛에 최태성이 실눈을 뜨며 뒤로 물러섰다.

곧 빛이 사그라들자 멍한 표정을 하고 있던 최태성의 얼굴이 일그러졌다.

"…신혁돈?"

방금까지 아무런 생각 없던 최태성은 본능적으로 잘린 귀를 가리며 뒤로 물러섰다. 이것 또한 환영인가?

지금쯤 신혁돈은 비응주구와 전투를 하고 있거나, 목이 잘려 최태성에게 배달이 되고 있는 상태여야 한다.

한데 눈앞에 있다?

'환영인가……'

최태성은 고개를 주억거린 뒤 피식 웃음을 터뜨렸다.

"개 같은 환영이 고마울 때도 있군."

머릿속을 가득 채우고 있는 스트레스를 풀 기회가 왔다. 최태성은 능력을 발휘시켰고 곧, 그의 오른손이 채찍처럼 길게 늘어났다.

그리고 후려쳤다.

쾅!

"어쭈, 피해?"

최태성의 공격은 애꿎은 벽을 후려쳤다. 그럼에도 최태성은 만족스러운 듯 고개를 끄덕이며 잇달아 공격을 퍼부었다.

하지만 공격은 계속해서 빗나갔고 최태성은 거친 숨을 몰아쉬었다.

그때, 신혁돈이 말했다.

"텐구가 너를 선택한 이유가 뭐지?"

최태성의 미간이 찌푸려졌다.

"뭐?"

아무리 현실 같은 환영이라도 숨이 가쁜 일은 없었다. 그저 고통만 있을 뿐.

그것도 환영이 끝나면 천천히 가서야 정상이었다.

하지만 숨이 가쁘고 피가 빠르게 도는 느낌은 현실보다 더욱 현실적으로 느껴지고 있었다.

무언가 이상하다.

그때 신혁돈이 다시 물었다.

"텐구가 너를 선택한 이유가 뭐지?"

흐릿하던 최태성의 동공이 초점을 잡곤 신혁돈을 바라보았다.

"…진짠가?"

말과 함께 최태성이 채찍처럼 변한 자신의 팔을 휘둘렀다. 신혁돈은 피하지 않고 손을 들어 최태성의 공격을 막았다.

쿵!

손에 느껴지는 묵직한 반탄력.

"진짜네? 미친… 비응주구는 어떻게 된 거지?"

"죽었다."

최태성은 지적장애가 있는 사람처럼 고개를 빠르게 저었다. 그리곤 다시 신혁돈을 바라보며 말했다.

"그럼 내 귀를 잘라간 것도 너야?"

"그래."

"이 개 같은 환영을 보는 것도 너 때문이고."

신혁돈은 대답 대신 고개를 끄덕였다.

그러자 최태성은 자신의 미간을 긁적이며 물었다.

"왜? 왜 나한테 이러는 거지? 내가 너한테 뭘 잘못했다고?"

"이유가 필요한가?"

그때.

자신이 죽인 이들이 환영과 현실의 경계를 부수고 신혁돈의 주위에 나타났다.

시뻘건 피눈물을 흘리며 자신을 바라보는 이들.

그들은 이렇게 묻는 듯했다.

'나는 너에게 무얼 잘못했지?'

최태성은 대답 대신 입술을 물었다.

그리곤 소리쳤다.

"씨발!"

수많은 감정이 담긴 외침을 뱉은 최태성은 양손을 늘어뜨렸다. 그러자 그의 능력이 발휘되며 채찍같이 변한 팔이 신혁돈에게 쏘아졌다.

쐐액!

최태성은 신혁돈을 보고 있지 않았다.

신혁돈이 아닌 다른 무언가를 보고 있었다. 그랬기에 신혁돈은 최태성의 공격을 피하지 않았다.

엄청난 기세로 날아든 두 개의 채찍이 신혁돈이 서 있던 공간을 난자했다. 하지만 두 개의 채찍 중 신혁돈을 맞춘 것은 하나도 없었다.

애초에 신혁돈을 맞출 생각이 없었다는 듯 빈 공간만 유린한 채찍을 회수한 최태성이 거친 숨을 몰아쉬었다.

"헉… 헉……."

어지간한 각성자라도 피떡이 될 만한 공격을 퍼부었으나 환영은 사라지지 않았다. 여전히 신혁돈의 뒤에 서서 저주 섞인 말을 뱉을 뿐이었다.

"씨발! 텐구? 그 새끼들이 도와주겠다고 해서 그들의 힘을 이용한 게 잘못인가? 내 앞길을 막는 것들을 밟고 올라간 게 잘못이야? 애초에 세상이 그렇게 생겨먹었잖아! 누군가를 밟지 않으면 내가 밟히니까 밟고 올라간 게 잘못이냐고!"

환영이 사라지지 않는다는 것을 깨달은 최태성은 공격의 대상을 신혁돈으로 바꿨다.

묵직하기 그지없는 공격들이 신혁돈의 전신을 노리고 쏘아졌다.

예측이 불가능한 방향에서 떨어져 내리는 채찍들은 스치기만 하더라도 살점이 떨어져 나갈 것이다.

하지만 최태성의 공격에는 예리함이 없었다.

흥분한 탓인지, 환영에 시달린 탓인지 신혁돈을 공격하면서도 신혁돈을 보고 있지 않았다.

최태성이 전력을 다해야 동수를 이룰 수 있는 상황에 한눈을 팔고 있으니 신혁돈을 맞출 수 있을 리 없었다.

"그리고 나 혼자만 힘을 받은 줄 알아? 그 새끼들 아래서

밑구멍 닦아주는 게 몇 명인데 나한테만 지랄이야!"

신혁돈은 무표정한 얼굴로 최태성의 공격을 피하고, 막아내며 물었다.

"너 말고도 더 있다는 소린가?"

"수십 명은 있겠지!"

휘릭! 탁!

계속해서 휘둘러지던 채찍이 괴물로 변한 신혁돈의 손에 잡혔다. 그와 동시에 신혁돈은 채찍을 끌어당겼다. 그러자 균형을 잃은 최태성이 앞으로 넘어졌다.

"이런 쌍!"

최태성은 급하게 몸을 일으키려 바닥을 짚었지만 길게 늘어나 있는 손 하나가 신혁돈의 손에 쥐여 있었기에 쉽지 않다.

다른 손의 길이를 급히 줄이며 일어난 순간, 신혁돈이 다시 한 번 팔을 잡아당겼고 최태성은 질질 끌려 신혁돈의 발밑에 도착했다.

최태성이 어느새 줄어든 손으로 신혁돈의 발목을 노리고 주먹을 휘둘렀다.

하지만 신혁돈은 발목을 들어 공격을 피한 뒤 최태성의 머리를 밟았다.

"그만하지."

"…씨발!"

신혁돈이 발에 힘을 주는 순간 최태성의 머리가 부서질 것이었다. 어이없을 정도로 쉽게 제압당한 최태성은 이를 악물었다.

신혁돈의 뒤에서 맴돌던 악령들이 어느새 최태성과 눈을 맞추고 있었다. 그들은 신혁돈의 발아래 깔려 있는 최태성을 보며 비웃음을 흘렸다.

'이렇게 될 줄 알았어.'

'너도 죽을 거야. 우리처럼.'

'두 팔 벌려 환영하지.'

귀를 파고드는 환청에 최태성은 눈을 질끈 감았다.

그때 신혁돈이 말했다.

"수십 명이라 생각하는 이유는?"

"……."

최태성이 대답하지 않자 신혁돈이 쥐고 있던 최태성의 팔목을 몰맨의 손톱으로 꿰뚫었다.

"끄악!"

"두 번째로 묻지. 생각하는 이유는?"

"말… 말하면……."

최태성은 뒷말을 잇지 못하고 몸을 부들부들 떨었다. 신혁돈은 팔목에 박아둔 손톱을 조금 움직였다.

"끅……!"

그러자 최태성이 억제된 비명을 흘리며 뒷말을 이었다.

"살려줄 건가?"

"아니."

"하……."

"하지만, 고통스럽지 않게 한 번에 죽여주마."

마음 같아서는 몇날며칠을 고문해 제 풀에 지쳐 죽여달라고 할 때까지 두고 싶었다.

그렇기에 고통스럽지 않은 죽음은 신혁돈이 최태성에게 제시할 수 있는 가장 큰 카드였다.

악다문 최태성의 입술이 부들부들 떨렸다.

팔목에 꽂혀 있는 날카로운 것이 몸을 떨 때마다 존재감을 과시하며 고통을 주었다.

이렇게 죽을 순 없다.

이렇게 죽자고 살아온 삶이 아니다.

"씨발!"

최태성은 신혁돈에게 붙잡혀 있는 팔이 잘리는 것을 감수하고 팔의 길이를 줄였다.

몰맨의 손톱이 최태성의 팔을 길게 베었다.

최태성은 고통을 참음과 동시에 능력을 최대한으로 발휘해 자신의 머리를 밟고 있는 신혁돈의 다리를 후려쳤다.

쾅!

사람의 몸끼리 부딪혔다고는 믿기 힘든 굉음과 함께 신혁돈의 다리가 흔들렸다. 기회를 잡은 최태성이 머리를 빼려는 순간.

"학습 능력이 없군."

뻑!

신혁돈의 주먹이 최태성의 얼굴을 후려쳤다. 신혁돈은 거기서 멈추지 않고 최태성의 온몸을 두들겼다.

최태성은 능력을 최대한 발휘했으나 무슨 능력인지 방어는 커녕 맞는 부위마다 화상이라도 입은 듯 엄청난 고통이 느껴졌다.

"껵… 껵……."

최태성은 비명조차 지르지 못하고 얻어맞았다.

그의 머릿속에 차라리 죽고 싶다는 생각이 든 순간.

신혁돈의 구타가 멈췄다. 신혁돈은 이마에 흐른 땀을 훔치며 최태성의 앞에 쭈그려 앉아 말했다.

"어떻게 할래?"

"…말, 말하지."

"그래."

최태성이 힘없이 고개를 떨궜다. 그 모습을 본 신혁돈이 핸드폰을 꺼내들었다.

"어디야?"

─집 앞입니다. 처리가 좀 오래 걸려서 좀 늦었습니다.

"알았다, 들어와."

들어오라니? 누구를? 최태성의 고개가 다시 들렸고 곧 거실

문을 열고 들어오는 사내를 볼 수 있었다.

등에서 빛이 나는 희한한 사내.

그는 펜과 노트를 들고선 의자를 가져와 최태성의 앞에 앉았다. 일련의 과정을 지켜본 신혁돈이 다시 최태성을 바라보며 말했다.

"시작하지."

*   *   *

단상 앞에는 기자들이 앉아 노트북을 두들기고 있었고 수많은 카메라들이 단상을 비추고 있었다.

정장을 차려 입은 전용재가 단상에 오르자 웅성거리던 장내가 조용해졌다.

전용재는 길게 심호흡을 한 뒤 마이크에 대고 입을 열었다.

"저는 마이더스 제2공격대의 부 공격대장 전용재입니다. 그리고 제가 이 자리에 선 이유는… 어제 새벽에 있었던 습격 사건이 최태성 씨의 지시로 이루어진 것을 밝히고 그의 범죄 행위를 고발하기 위해서입니다."

순간 기자들이 웅성거리며 키보드를 두들기는 소리가 거세게 울렸다. 전용재는 헛기침을 한 번 한 뒤 말을 이었다.

"전일 새벽, 최태성 씨는 패러독스 길드가 동영상의 유포자라는 것을 알고 저와 제2공격대원들에게 '신혁돈을 잡아 오라'

명령했습니다. 저는 거부했지만, 저의 딸과 가족들의 안위를 들먹이며 협박을 했고, 저는 어쩔 수 없이 따를 수밖에 없었습니다."

전용재의 말이 이어질수록 장내가 어수선해졌다. 여기저기서 기자들이 손을 들며 질문을 퍼부었고, 전용재는 그중 한 명을 가리켰다.

"말씀하세요."

"그럼 동영상 또한 조작된 게 아니란 말씀이십니까?"

"예, 동영상은 조작된 것이 아닙니다. 최태성 씨가 직접 저지른 것이 맞습니다. 그리고 저 또한 직, 간접적으로 연관되어 있고 가담한 사실이 있습니다. 제가 이 자리에 선 이유 중에는 마이더스 제2공격대의 공격대장인 최태성 씨의 동영상이 조작된 것이 아니며 그가 저지른 범죄에 대해서 밝히고자 하는 이유도 있습니다."

전용재의 말이 끝나기 무섭게 질문이 쇄도했다. 전용재는 천천히, 정성스레 모든 질문에 대답했고, 그의 대답이 이어질수록 간수호의 얼굴에 미소가 번졌다.

"이제 마이더스는 끝이네요."

간수호의 옆에 서 있던 백연희가 간수호에게 말했다. 간수호는 고개를 저었다.

"아뇨, 최태성의 단독 소행이라고 하면서 모르쇠로 일관할 겁니다. 그리고 자기들은 전문가들의 의견을 믿었다고 말하면서 발뺌할 거구요."

"그래도 끝은 끝 아닌가요? 최태성이 빠지고, 이미지까지 바닥을 기는데……"

"옛말에 부자가 망해도 삼 년 먹을 것이 있다지 않습니까. 아직 제1공격대가 있고, 차원문에 들어가는 데 다른 사람 이목을 신경 쓸 것도 아니니, 얼마간 잠잠히 있다가 또 활동을 시작할 겁니다."

"그건 그래요."

"그리고 최태성이 죄를 인정한다 해도 감옥에서 몇 년이나 살겠습니까, 금방 나와서 다시 마이더스에 붙겠죠."

적나라한 현실을 부정할 말을 찾지 못한 백연희가 짧게 혀를 찼다.

그때 간수호의 핸드폰이 울렸다.

"어, 그렇지… 뭐? 누가 죽어?"

마지막 말은 거의 비명에 가까웠다. 순간 장내 기자들의 시선이 간수호에게로 향했다. 간수호는 급히 기자회견장을 빠져나가며 수화기를 향해 작게 말했다.

"최태성이 죽었다고?"

갑자기 달려 나가는 간수호를 따라나온 백연희의 눈이 튀어나올 듯 커졌다.

*   *   *

마이더스의 길드 사무소.

길드장 공운호가 눈앞의 사내에게 고개를 숙였다.

대한민국에서 가장 큰 길드의 장이 고개를 숙인 존재, 검은 정장을 입은 사내는 당연하다는 듯 인사를 받으며 말했다.

"자살로 처리했습니다."

"…벌써 처리가 끝난 겁니까?"

"예, 그게 서로 좋지 않겠습니까?"

공운호는 이해가 되지 않는다는 듯 사내를 바라보았다. 사내는 죽 찢어진 눈으로 공운호와 눈을 맞추었다.

공운호는 재빨리 고개를 숙였다.

이해가 되지 않아도 상관없다. 이것은 자신에게 찾아온 일생일대의 기회였고, 이 기회를 잡으면 무너진 마이더스가 다시 일어나는 것은 시간 문제였으니까.

"알겠습니다."

공운호의 대답을 들은 사내가 유난히 작은 입의 꼬리를 올리며 미소를 지었다.

"그럼 앞으로 잘 부탁드립니다."

사내가 손을 건네자 공윤호는 손바닥에 가득 찬 땀을 바지에 슥슥 문질러 닦고서는 양손으로 그의 손을 쥐었다.

그러자 사내가 손을 흔들었다.

"예, 저도 잘 부탁드리겠습니다."

사내, 텐구의 대리인은 고개를 끄덕인 뒤 손을 놓고 방을 나섰다.

*　　　　*　　　　*

관리국의 사건과.

이남정은 후임에게 파일 하나를 넘겨받아 읽으며 심각한 얼굴로 말했다.

"수사가 끝나? 살인 교사, 살인, 살인 방조, 몇 개의 중범죄 용의자가 죽었는데 하루도 안 돼서 수사가 끝난다는 게 말이 돼?"

후임 또한 이해가 되지 않는다는 듯 뒤통수를 긁적이며 답했다.

"윗선이 개입했나 봅니다. 거기 보시면 나와 있지만 스트레스에 인한 자살로 수사 종결이랍니다."

"…미쳐 돌아가는구나."

관리국의 사건팀 또한 수사권을 가지고 있는 집단이다. 그덕에 사건 파일을 받을 수 있었고, 최태성 사망 당시의 사진을 입수할 수 있었다.

온몸에는 구타당한 흔적이 있고, 특히 팔은 걸레짝이 되어 있었다.

한데 자신의 힘으로 목을 매 죽었고, 유서를 남겼으며 타살의 흔적을 발견할 수 없다는 이유로 수사가 종결되었다.

이남정은 사건 파일에서 사진을 뽑아들며 말했다.

"니미럴… 이게 자살이라니, 윗선은 어느 윗선이야?"

후임은 어깨를 으쓱했다.

"저 같은 말단이 어떻게 알겠습니까. 수사에 직접 투입된 것도 아니고… 그쪽에서 도는 말로는 꽤 높은 선에서 내려온 말이라 합니다."

이남정은 한바탕 욕지거리를 내뱉고선 물었다.

"유서엔 뭐라고 쓰여 있는데?"

후임은 이남정이 들고 있는 파일의 맨 뒤 사진을 꺼내들어 건네며 말했다.

"뭐 '지금까지 지은 죄를 인정하고 물의를 일으켜 죄송하다' 이런 말이 쓰여 있었습니다."

"자필이긴 하고?"

"…그건 모르겠습니다."

"허… 자필 검증도 안 하고 수사가 끝났다? 아주 냄새가 진동을 하는구만."

이남정이 파일을 내려놓자 후임이 다시 집어 들며 말했다.

"아무래도 이쪽 그림이 좋으니까 이렇게 마무리한 거 아니겠습니까?"

"무슨 그림?"

"죄의 무게를 이기지 못한 최태성이 자살을 한 거잖습니까.

죽은 사람 얼굴에 침 뱉을 수도 없는 노릇이니 여론은 잠잠해질 테고, 마이더스가 져야 할 무게가 줄어들지 않겠습니까."

"흠……."

확실히 마이더스의 시선으로 바라볼 땐 최상의 시나리오다.

최태성이 죄를 시인하고 감옥에 들어가면 비난의 화살은 마이더스 측으로 돌아갈 게 분명한 상황이었다.

그런 상황을 '자살'이라는 수를 둬 막았다.

"근데 마이더스가 그럴 힘이 있어?"

문제는 마이더스가 공권력마저 막을 힘이 있냐는 것.

"당연히 없죠. 아마 우리가 모르는 물밑 거래가 있었을 겁니다. 아주 더러운."

"그렇겠지… 썩은 내가 여기까지 진동을 하는구나."

후임은 천천히 고개를 끄덕였고 이남정은 의자에 기대 턱을 괴었다.

"그럼 갑니다."

후임이 파일을 들고 일어나려하자 이남정의 그의 손에서 파일을 빼들었다.

"또 뭡니까?"

"CCTV."

"예?"

이남정은 빠르게 파일을 훑었고 이내 원하는 부분을 발견할 수 있었다.

"이 부분, 분명 최태성 집에는 CCTV가 있었지."

후임은 한숨을 쉬며 말했다.

"그 시간에 그 일대만 정전이 있었답니다."

"…도대체 얼마나 높은 윗선이 손을 썼기에 정전까지 일으켜?"

"윗선에서 개입한 게 아닌 것 같습니다. 수사 초기… 랄 것도 없이 빠르게 종결되긴 했습니다만, 어쨌거나 초기에 각 잡고 수사할 때 발견한 건데 전봇대 노후로 인한 합선으로 발생한 정전이랍니다."

이남정이 의자에 몸을 기대며 말했다.

"그걸 믿어?"

"하긴, 타살을 자살로 만든 놈들인데… 뭘들 못하겠습니까."

"어쨌거나 CCTV 하드는?"

"애초에 없었답니다."

"…아주 씨발……."

이런 더러운 뒤 공작이 있다 한들 뉴스나 신문 같은 미디어에는 '최태성, 유서를 쓰고 자살하다.' 라는 문구만 나갈 것이었다.

그럼 아무것도 모르는 대중들은 최태성이 자살했다는 사실 하나만을 가지고 이리저리 이야기를 하다 잊을 것이고.

"더럽다, 더러워."

이남정은 자리에서 일어나며 말했다.

"…담배나 피우러 가자."

"예."

이남정이 먼저 나서고 후임이 그 뒤를 따라 걸었다. 옥상에 도착하자 후임이 조심스레 이남정을 불렀다.

"근데, 팀장님."

"왜."

"이 사건, 덮으실 거지 말입니다?"

"너도 내가 사고 칠까 봐 불안하냐?"

"팀장님 걱정하는 짓에 인생을 낭비하는 사람이 저 말고도 또 있단 말입니까?"

"…이 새끼가."

이남정의 표정이 험악해지자 후임은 헤실거리고 웃었다. 이남정은 표정을 풀고 담배를 물었다. 그러자 후임이 불을 붙여주며 말했다.

"저번에 시키신 거 있잖습니까."

"뭐?"

"더 가드 간수호가 어떻게 올라갔는지."

"아, 그래, 뭐 좀 나왔어?"

"예, 신혁돈입니다."

"…뭐?"

"자세한 건 모르겠는데 간수호가 신혁돈 말이라면 껌뻑 죽는 모양입니다. 이번에 전용재가 공격대 끌고 신혁돈 습격한 거 있잖습니까."

"어."

"더 가드 공격대에 지인 하나가 있는데, 그거 미리 알고 있었답니다. 준비까지 싹 다 하고 막으러 간 거고… 더 중요한 게 있습니다."

썩은 동태눈이 되어가던 이남정의 눈이 부릅 뜨였다.

"뭔데."

"간수호가 신혁돈한테 레어 아이템을 공급한답니다."

"…왜?"

"정보료 아니겠습니까? 더 가드 입장에서는 마이더스가 습격한 현장을 잡아내기만 해도 물고 늘어지다 못해 목덜미를 물어뜯을 수 있을 테니까요."

"묘하게 돌아가네. 그럼 신혁돈이 마이더스를 잡기 위해 판을 깔고 더 가드를 사용했다는 소리 아니야?"

"그렇겠죠?"

"…신혁돈, 그건 뭐하는 놈인데 3등급 각성자가 대한민국을 주름잡는 거대 길드 두 개를 손에 쥐고 놀아?"

후임은 어깨를 으쓱한 뒤 말했다.

"그건 팀장님이 말씀해 주시기로 한 거 아니었습니까?"

"내가 의심하고 있던 게 그 부분인데?"

"신혁돈이 두 길드 가지고 노는 거 말입니까?"

"응."

후임은 미간을 구겼다가 풀고서는 한숨을 내쉬었다.

"어쨌거나 거래 관계가 확실하니 신혁돈에게 뭐가 있는 건 확인되었지 말입니다."

"그래… 그 뒤에는 누가 있을까?"

"외국계 길드 아니겠습니까? 뭐, 러시아나 중국, 아니면 일본이라거나. 걔네는 틈만 나면 우리나라 노리잖습니까."

후임의 추리에 이남정이 고개를 저었다.

"아니, 그건 아니야."

"왜입니까?"

"더 가드. 그놈들은 척화파야."

"…척화파 말입니까?"

"그래, 다른 나라의 힘이 개입하는 걸 두 눈뜨고 못 보는 놈들이라고. 지들이 지 입으로 대한민국의 수호자다, 뭐다 하는 꼴 보면 모르냐?"

"그게 무슨 상관입니까?"

"척화파가 매국노랑 손을 잡겠냐 이 말이지."

후임이 천천히 고개를 끄덕였다.

각성자에 대한 모든 정보가 관통하는 관리국보다는 못하더라도 개별적인 정보 라인을 굴리며 관리국만큼의 정보장악력을 가지고 있는 게 더 가드다.

그런 이들이 신혁돈의 뒷조사도 해보지 않았겠는가.

"그럼… 누굽니까?"

"이제 그걸 알아봐야지."

후임이 천천히 고개를 끄덕이며 말했다.

"저도 돕겠습니다."

"그래."

이남정의 머릿속에는 어느새 최태성 사건은 지워지고 신혁돈에 대한 정보를 정리하고 있었다.

그 모습을 바라보던 후임은 속으로 안도의 한숨을 내쉬었다.

'위험한 냄새가 나……'

그가 아는 이남정은 궁금증을 해소하기 위해서라면 자신의 몸을 돌보지 않고 호랑이 굴로 뛰어 들어갈 사람이었다.

그렇기에 말려야 했다.

최태성 사건에서는 아주 위험한 냄새가 나고 있었다. 스치기만 해도 죽을 것 같은 극독의 냄새가.

*　　　　　*　　　　　*

"자살?"

신혁돈의 미간이 찌푸려졌다. 그의 표정을 본 윤태수가 고개를 끄덕이며 말을 이었다.

"예, 자살이랍니다."

그럴 리가 없었다.

그의 손으로 직접 심장을 찔렀고 숨이 멈춘 것을 확인하고 나서야 그의 집을 나섰다.

"CCTV… 는 우리가 뽑아 왔으니 안 될 테고… 주변 CCTV도 없겠군."

"예, 정전까지 시켰으니… 그 주변의 CCTV는 다 먹통일 겁니다."

신혁돈이 엄지로 관자놀이를 문질렀다.

그러자 윤태수가 말했다.

"제 생각에는 텐구 놈들이 손을 쓴 것 같습니다."

"왜?"

"최태성이 죽었으니 마이더스라는 인형을 움직일 줄이 끊어진 거 아니겠습니까? 그러니 새로운 줄을 연결하기 위해 큰일을 해결해 준 것 같습니다. 그리고 그로 인해 가장 이득을 볼 사람과 접선을 했겠지 말입니다. 예를 들면……."

"…마이더스의 길드장."

"예, 공윤호 길드장이 유력합니다."

일리가 있는 추리였다.

"공윤호라……."

기억에 남아 있는 사람이 아니다.

그렇다고 안심할 순 없었다.

신혁돈이 알고 있는 15년 뒤의 미래에는 최태성이 살아 있고, 그가 살아 있는 동안 수많은 일을 벌였다.

이젠 그가 없는 세상이 되었으니 신혁돈이 알고 있는 미래와 다른 미래가 펼쳐질 것이었다.

물론 차원문에 관한 정보는 변하지 않는다.

어떤 패턴이 어떤 능력을 가지고 있고, 어떤 괴물의 약점이 어디인지 알고 있는 것은 그 어떤 능력보다, 그 어떤 정보보다 값진 정보다.

그렇기에 먼저 치고나갈 수 있다.

곧 오렌지 홀 A등급 차원문이 공략될 것이고, 2차 각성자들과 함께 화이트 홀이 전 세계에 나타날 것이었다.

'2차 각성.'

스킬의 끝인 A등급 이상의 등급이 나타나고, 신체적 능력치의 끝인 100을 넘어선 성장이 가능해지는 단계.

누구보다 먼저 2차 각성을 해야 한다.

신혁돈뿐만 아니라 그의 주변 사람들까지 모두.

주변을 살피지도 않고 독불장군 짓을 하다 뒤통수를 맞아 죽는 것은 저번 삶으로 족하다.

이번에는 다를 것이다.

신혁돈이 생각에 잠긴 사이, 신혁돈의 핸드폰이 울렸다.

간수호였다.

"예."

—간수흡니다, 혹시 지금 통화 가능하십니까?

"예."

—저번에 도움도 있고, 받으실 아이템도 정할 겸 저녁 식사나 한번 하시는 건 어떻습니까?

"아이템은 미리 정해됐습니다."

—아, 그러십니까? 어떤 걸로……?

"일단 개수부터 확실히 합시다."

—세… 개 아니었습니까?

"6개."

—아, 기억났습니다. 제가 그때 늦었었죠? 그 일은 참 죄송하게 생각합니다. 그래도 6개는 조금 많지 않습…….

"인터뷰, 8개."

간수호는 어떻게든 개수를 줄여보려 했으나 오히려 역효과가 나고 있었다. 사실 신혁돈의 덕으로 더 가드가 본 이득은 엄청났다.

난공불락 같았던 마이더스를 한 큐에 무너뜨렸고, 그 자리를 더 가드가 차지할 수 있게 해준 것은 돈으로 산출이 불가능할 정도.

그것을 아는 간수호였기에 무리하게 줄이려 하지 않고 타협을 했다.

—…6개로 어떻게 안 되겠습니까?

"그렇게 합시다. 원하는 아이템 목록은 따로 전해 드리죠."

―알겠습니다. 그럼 저녁 식사 때 뵙겠습니다.

"그러죠."

전화를 끊자 윤태수가 신혁돈을 바라보며 말했다.

"레어 아이템 6개 말입니까?"

신혁돈은 대충 고개를 까닥이고는 생각에 잠겼다.

"맙소사, 개당 1억 잡아도 6억이네… 그건 그렇고 무슨 아이템을 생각해 두신 겁니까?"

"너희 쓸 거."

"…저희 말입니까? 형님은요?"

"필요 없다."

저번 삶, 신혁돈은 유니크급 이상의 아이템으로 온몸을 도배하고 다녔었다. 그런 그에게 레어급 아이템이 눈에 찰 리가 없었다.

적어도 유니크급은 되어야 눈에는 들어올 텐데, 더 가드가 유니크 등급 아이템을 내놓을 리는 만무하다.

차라리 윤태수나 백종화를 강하게 만들어 아이가투스의 차원 공략에 박차를 가하는 게 이득이었다.

신혁돈의 속을 알 리 없는 윤태수는 감동한 표정으로 신혁돈의 옆얼굴을 바라보고 있었다.

*   *   *

창문을 통해 들어오는 한 줄기 햇빛을 제외하곤 어둠에 잠겨 있는 방.

온통 검은 옷을 입은 사내가 들어와 정중앙에 섰다.

사내는 허리에 차고 있던 검을 풀어 바닥에 내려놓은 뒤 무릎을 꿇고 앉았다.

검집에는 팔십팔(八十八)이라는 한자가 새겨져 있었다,

무릎을 꿇은 사내는 고개를 푹 숙인 채 말했다.

"팔십칠이 당했습니다."

소파에 앉아 다리를 꼰 채 그 모습을 바라본 사내, 일(一)이 무심한 얼굴로 물었다.

"넌 왜 살아 있지?"

"정보를 전하기 위해서입니다. 팔십칠과 저는 팔십(八十)에게 지령을 하달받았고, 신혁돈이라는 자를 암살하기 위해 찾아갔습니다. 저는 주변 정보 차단을 맡았고, 팔십칠이 직접 암살을 위해 들어갔습니다."

"그리고 실패했다?"

"예, 시체조차 회수하지 못했습니다."

일은 무심히 고개를 끄덕인 뒤 말했다.

"명예롭게 죽어라."

"번거롭게 뒷일을 남겨 죄송합니다."

팔십팔은 바닥에 놓인 검을 뽑은 뒤 자신의 배를 찔렀다.

할복을 한 것이다.

배에 꽂힌 검을 쥔 채 숨이 멎은 시체를 바라보던 일이 말했다.

　"치우고 인원 보충해. 그리고 팔십을 시켜서 신혁돈에 대해 알아봐. 먼저 건드리지는 말고."

　일의 말에 그림자가 솟아나 고개를 끄덕였다. 그림자는 검은 두건을 쓰고 있었는데, 두건에 십(十)이라는 한자가 새겨져 있었다.

　곧 십의 그림자가 생물처럼 자라나 팔십팔의 시체를 삼켰다. 뒤처리를 마친 십이 사라지자 홀로 남은 일은 자리에서 일어섰다.

　그러자 햇빛이 그의 얼굴을 비추며 얼굴이 드러났다.

　쭉 찢어진 눈과 작은 입.

　마이더스의 공윤호와 계약을 한 텐구의 대리인의 얼굴이었다.

＊　　　　＊　　　　＊

　마이더스의 길드장 사무실.

　공윤호가 손가락으로 테이블을 천천히 두들기며 물었다.

　"자살로 처리했다… 는 건 누군가 이미 죽었고, 그 뒤처리를 저 텐구 놈들이 했다는 거지?"

　그의 말에 마이더스의 정보부장 이태혁이 조심스레 대답

했다.

"그렇죠."

"그럼 최태성을 죽인 건 누구야?"

"용의자가 너무 많습니다. 그놈이 죽인 사람도 워낙 많고, 원한 관계도 복잡해서 누가 죽였다 해도 이상하지 않은 상황입니다."

"허, 아무리 천덕꾸러기였다지만 마이더스의 공격대장이 살해당했어. 그런데 누가 죽였는지, 왜 죽었는지도 모른다는 게 말이 돼? 너, 정보부장 맞냐?"

이태혁은 어깨를 으쓱하며 대답했다.

"누가 죽였는지는 얼추 범위가 잡히는데, 그거 잡아서 복수하실 겁니까? 자살이라고 결론이 난 사건을? 그럼 텐구의 정성을 완벽히 깨부수는 일이 될 텐데요. 그리고 복수를 해줄 정도로 친한 사이도 아니었지 않습니까?"

공윤호는 마음에 들지 않는다는 표정을 하고선 고개를 끄덕였다.

이태혁의 말이 맞다.

친한 사이도 아니거니와 오히려 눈엣가시 같은 녀석이었다. 놈의 등에서 눈을 부라리고 있는 텐구만 아니었다면 언제라도 내쳤을 것이었다.

그렇기에 최태성의 죽음 자체는 아무런 상관이 없었다.

아니, 텐구가 죽었다고 하면 차라리 마음이 편했을 것이다.

하지만 누가 죽인지 모르니 찝찝하다.

"…그래도 누가 죽었는지는 알아봐라."

"알겠습니다."

이태혁이 천천히 고개를 끄덕이고선 다음 안건을 꺼냈다.

"제2공격대 해체시키고 제1공격대와 제3공격대로 편입시키겠습니다."

"그래."

"그리고… 더 가드가 오렌지 홀 B급 차원문 공략에 나설 거라는 말이 있습니다."

공윤호의 미간이 확 찌푸려졌다.

"언제?"

"한 달 안으로 나설 겁니다. 그놈들한테는 천재일우의 기회겠죠."

"성공할 것 같아?"

"실패할 것 같진 않습니다. 그리고 B급 차원문 공략에 성공하면서 저희를 완전히 제칠 겁니다."

공윤호는 입술을 씹다가 말했다.

"찰나의 영광일 뿐이야. 곧 다시 넘어뜨려 줘야지."

더 가드가 아무리 날고 긴다 한들 마이더스의 뒤에는 텐구가 있다.

"당연하죠."

공윤호와 이태혁이 마주보고 비릿한 미소를 흘렸다.

                    *   *   *

  고급 양식집.

  신혁돈이 준비된 방으로 들어오는 것을 본 간수호와 백연
희가 자리에서 일어나 인사했다.

  "어서 오십시오."

  "오랜만이에요."

  "예."

  신혁돈이 대답을 하며 자리에 앉자 나머지 두 사람 또한 자
리에 앉았다.

  어느새 간수호와 백연희는 신혁돈을 상전 대하듯 하고 있
었다.

  곧 음식이 나오고 분위기가 무르익자 간수호가 말했다.

  "최태성이 자살한 거, 알고 계십니까?"

  신혁돈이 고개를 끄덕이자 간수호가 말을 이었다.

  "그것도 계획의 일부였습니까?"

  "계획?"

  "예, 전에 '최태성이 무너질 겁니다.'라고 말씀하지 않으셨습
니까?"

  "아니, 그건 제가 한 게 아닙니다."

  "그럼……."

"저야 모르죠."

간수호는 말의 진위를 파악하기 위해 신혁돈의 눈을 보았다. 하지만 신혁돈의 눈은 감정이라고는 읽을 수 없는 눈이었다.

간수호는 눈을 돌리며 고개를 한 번 주억거리고선 말했다.

"외부 개입이라… 그것도 알아봐야겠습니다. 그건 그렇고 말입니다."

간수호가 백연희에게 눈짓을 하자 백연희가 옆에 두었던 가방에서 파일 하나를 꺼내 테이블 위에 올려두었다.

"혹시 더 가드와 협력하실 생각 없으십니까?"

가입이 아닌 협력.

그들이 신혁돈의 뒷배경, 혹은 그의 힘을 더 가드와 협력할 정도로 판단하고 있다는 뜻이었다.

"어떤 협력을 말하는 겁니까?"

간수호는 백연희가 올려둔 파일을 신혁돈에게 건네며 말했다.

"지금과 달라지는 건 없습니다. 조금 더 구체적이 될 뿐이죠. 이를테면 어느 급의 정보는 얼마를 지급한다. 혹은, 신혁돈 씨가 정보가 필요할 경우에는 어떤 프로토콜을 따라 처리한다. 이런 겁니다."

나쁘지 않다.

하지만 그뿐.

신혁돈이 더 가드에게 원하는 것은 그들이 가진 언론 장악력이다.

무구나 명성, 인력 같은 것은 신혁돈이 원하면 언제든 얻을 수 있다.

그러나 하고자 하는 말을 여과 없이 여론에게 전할 수 있는 힘, 언론 장악력만큼은 쉽사리 얻을 수 있는 것이 아니다.

그렇기에 더 가드를 이용하고 있었지만, 이제는 더 가드의 언론 장악력이 필요 없는 상황이 되었다.

머리가 있는 길드들이라면 최태성 사태를 눈여겨봤을 것이고 모든 상황에 간수호가 엮여 있다는 것을 알아챘을 것이다.

그리고 간수호를 뒤에서 조종하고 있는 누군가가 있다는 사실 또한 어느 정도 눈치를 챘을 것이고 그들은 궁금해 하고 있을 것이다.

간수호의 뒤에 있는 사람이, 혹은 길드는 도대체 어디지?

그것을 밝힐 때가 되었다.

하지만 모든 것을 밝히진 않는다.

누구나 패러독스의 이름을 알고, 그들이 가진 힘이 엄청나다는 것을 알지만, 누구인지, 몇 명으로 이루어져 있는지 모르는 상황을 만들 것이다.

"협력은 거절하겠습니다."

"그렇습니까? 아쉽군요."

간수호는 예상했다는 듯 고개를 끄덕이며 파일을 집어넣었다. 그러자 신혁돈이 말을 이었다.

"대신 거래 하나만 더 합시다."

"뭡니까?"

"공식적으로 협력을 하고 있다는 오피셜을 내주십시오."

예상은커녕 상상도 하지 못한 말에 간수호가 반 박자 느리게 되물었다.

"…예?"

대놓고 더 가드의 이름에 편승하겠다는 말과 다름없었다.

최태성 동영상의 최초 유포자로 일반인들에게까지 눈도장을 찍은 패러독스의 신혁돈이 더 가드와 손을 잡는다?

마이더스가 무너진 이상 대한민국 최고의 길드는 더 가드라 봐도 무방하다. 그런 와중에 최태성 동영상의 유포자와 함께한다.

이슈가 될 것이다.

그것도 꽤 큰 이슈가.

간수호는 천천히 생각을 하다 물었다.

"…드러나는 걸 싫어하시는 것 아니셨습니까?"

"때를 기다렸을 뿐입니다."

"그때가 지금이라는 거군요……."

간수호는 신혁돈의 눈을 바라보며 그때가 지금인 이유를 유추해 보았지만 최태성이 무너진 것과 무슨 관련이 있을 것이라는 것밖에 알 수 없었다.

"제가 결정할 수 있는 사안은 아닌 것 같습니다."

"결정되면 연락 주십시오."

"알겠습니다."

식사를 마친 신혁돈은 자리에서 일어섰다. 그러자 간수호와 백연희가 따라나와 자신들의 차에서 커다란 박스 하나를 꺼내 신혁돈에게 건넸다.

"말씀하신 아이템들입니다."

"잘 쓰겠습니다."

대답을 한 신혁돈은 박스를 받아 차의 트렁크에 넣었다.

그 모습을 바라본 백연희는 아깝다는 듯 쩝 하고 입맛을 다셨다. 신혁돈이 차를 타고 돌아가자 백연희가 물었다.

"혁돈 씨에게 준 아이템을 돈으로 환산하면 얼마 정도 되나요?"

"10억은 넘죠."

백연희가 입을 벌리고 숨을 들이켰다.

"세상에나… 저도 정보상이나 할까 봐요."

그러자 간수호가 피식 웃으며 대답했다.

"아무나 할 수 있는 일이라면 저만한 가치를 받지 못했겠죠. 저 사람이니까 할 수 있는 일이었고, 정당한 가치를 받아 간 겁니다."

백연희는 천천히 고개를 끄덕였다.

자신이 신혁돈과 같은 상황에 직면한다 한들 그와 같은 판단을 할 순 없을 것이었다.

"…대단한 사람이네요."

"그렇죠."

간수호는 주차장을 빠져나가는 신혁돈의 차를 바라보며 고개를 주억거렸다.

*   *   *

더 가드는 신혁돈의 제안을 거절하지 않을 것이다.

단 두 번의 정보 공유로 마이더스를 무너뜨리고 대한민국 1위의 자리에 오르게 해준 사람과의 관계를 유지하기 위해서라도 신혁돈의 말을 따를 것이 분명했다.

무대는 완성되었다. 이제 실력을 보여줄 차례.

곧 '패러독스'라는 이름은 모든 이들의 머릿속에 새겨질 것이다.

윤태수의 사무실에 도착한 신혁돈은 아이템이 가득 담긴 상자를 들고 입구를 열었다.

"오셨습니까!"

윤태수에게 미리 언질을 받은 것인지 윤태수와 떨거지들은 물론 백종화와 안지혜, 거기에 김민희까지 모여 있었다.

그들의 눈은 신혁돈이 아닌 신혁돈이 들고 있는 박스에 고정되어 있었다.

헛웃음을 흘린 신혁돈은 테이블 위에 상자를 올려놓고선 소파에 앉았다. 신혁돈이 아무런 말없이 앉아 있자 군침을 흘리던 고준영이 다가오며 물었다.

"열어봐도… 됩니까?"

신혁돈이 고개를 끄덕이자 고준영은 며칠을 굶은 하이에나가 고기에 달려들 듯 상자를 개봉했다.

검 네 자루와 반지 하나. 그리고 커다란 사각 방패가 하나 들어 있었다.

사람은 일곱, 아이템은 여섯 개였다.

순간 김민희를 제외한 모든 이들의 눈에 불안감이 서렸다.

김민희는 여유로운 미소를 지으며 커다란 사각 방패를 집어 들었다.

"이건 제 거죠?"

"맞아."

나머지 아이템을 꺼내 테이블에 늘어놓은 고준영이 자리에 앉자 신혁돈이 말했다.

"검은 윤태수랑 떨거지들, 반지는 지혜 씨."

그러자 백종화가 눈을 크게 뜨고 물었다.

"…형님? 제 이름이 없습니다."

"넌 많잖아."

신혁돈의 눈길이 백종화가 착용하고 있는 아이템들을 훑었다.

검과 지팡이, 브레스트 아머와 목걸이.

그러자 다른 이들의 시선이 백종화에게로 향했다.

우린 하나도 없는데, 네 개나 있는 놈이 욕심을 부려? 라는 눈빛.

백종화는 결국 고개를 숙이곤 뒤로 물러섰다.

그러자 나머지 사람들이 와서는 아이템을 챙겼다.

네 자루의 검을 바라보던 윤태수가 물었다.

"검은 어떻게 나눕니까?"

"알아서."

신혁돈의 말에 윤태수는 만족스러운 미소를 지으며 제일 먼저 검을 골랐다. 그리고 민강태와 한연수 또한 검을 고르고 나자 고준영이 남은 검을 집어 들었다.

고준영은 실망한 얼굴로 검을 들었다가 몇 번 휘둘러보고서는 만족스러운 미소를 지었다.

"이제 좀 각성자 같습니다."

신혁돈은 그들을 바라보며 미소를 짓고 있었다. 무기가 생겼다는 기쁨에 희희낙락하고 있던 윤태수는 신혁돈의 얼굴을 본 순간 알 수 없는 불안감이 드는 것을 느꼈다.

각자의 아이템 능력을 살피는 게 끝나자 신혁돈이 말했다.

"자, 그럼 밥값 해야지?"

"…그렇죠."

"그럼 오늘은 쉬고 내일 아침 9시까지 사무실로 모여라."

"알겠습니다."

여기저기서 대답이 튀어나오고 여기저기로 흩어졌다.

신혁돈은 자신의 자리로 돌아가려는 윤태수를 따로 불러 세웠다.

"길드 사무소, 아지트. 2개의 건물이 필요하다."

"안 그래도 길드 사무소는 건물 수배 중입니다. 그리고 아 지트 말입니다… 서윤 씨 집으로 해도 되지 않겠습니까?"

"이서윤이 괜찮다 했나?"

"예."

"그럼 알아서 해라."

"옙!"

사무실을 나선 신혁돈은 이서윤의 집으로 향했다.

세 떨거지와 윤태수의 몸에 마법진을 새기는 작업이 끝났으 니 인간의 몸에 어느 정도 익숙해졌을 것이었다.

이제 자신의 몸에 마법진을 새길 때가 되었다.

제2장
죽은 자의 목을 베어라

"오랜만이네요. 너도 오랜만이긴 한데… 좀 못 생겨졌네."

"까악!"

신혁돈의 어깨에 앉아 있던 도시락이 이서윤의 말에 반항하듯 크게 울었다.

이서윤은 도시락의 머리를 두어 번 쓸어주고선 신혁돈에게 물었다.

"눈도 늘고… 날개도 한 쌍 늘고, 진화라도 한 건가요?"

"맞아."

"마법진은 멀쩡하구요?"

신혁돈은 고개를 끄덕인 뒤 이서윤에게 물었다.

"연구는 어떻게 잘되어가나?"

"덕분에요. 차원지기의 코어라고 했던가요? 그게 큰 도움이 되고 있어요."

"인간의 몸에 새기는 건 좀 어떤가?"

"그것도 덕분에 많이 늘었죠."

이서윤은 무언가 생각난 듯 손뼉을 치며 말했다.

"아, 민희도 새겨달라고 하던데 새겨줘도 되나요?"

"그래, 그리고 나도 하나 필요하다."

"…예? 혁돈 씨도요?"

의외라는 눈빛.

이서윤이 본 신혁돈은 외골수였다.

오로지 자신의 힘만 믿으며, 강해지는 방법은 수련뿐이라 생각하는 사람.

'아니었나?'

이서윤의 눈빛을 읽은 신혁돈이 되물었다.

"나는 하면 안 되는 이유라도 있나?"

"아뇨, 그런 건 아닌데… 어떤 마법진이요?"

이서윤은 말꼬리를 흐리며 물었다.

"네 사람은 어떤 마법진을 새겼지?"

"네 사람 전부 밀리 계열 능력 증폭 마법진이에요. 태수 씨 같은 경우에는 갑자기 스킬을 개화하게 되면서 이상하게 되었지만……"

"이능 계열은 새긴 적 없나?"

이서윤이 고개를 끄덕이고선 테이블 위에 손을 얹으며 말했다.

"예, 이론상으로는 완벽하지만… 태수 씨 때와 같은 일이 벌어지지 말라는 보장이 없어서요."

신혁돈이 흠… 하는 소리를 내며 팔짱을 꼈다.

그러자 이서윤이 물었다.

"이능 계열을 새기시려구요?"

"치료 계열로."

이서윤의 집 지하에서 수련을 할 당시 이서윤이 설치해주었던 치유 마법진은 굉장한 효과를 발휘했었다.

광범위한 지역에 그 정도 효과를 낼 수 있다는 마법진을 인간의 몸에 새길 수 있다면 고급 치유 정도의 효과를 낼 수 있을 것이었다.

"아까도 말씀 드렸지만… 이론상으로는 문제없어요. 하지만 만에 하나라는 게 있다 보니……."

이서윤은 눈을 낮추며 말꼬리를 흐렸다. 그러자 신혁돈이 물었다.

"자신은 있나?"

"네."

이서윤의 눈을 바라보던 신혁돈은 그 안에서 윤태수의 눈빛을 보았다.

반드시 해내겠다는 의지가 담긴 눈.

"그럼 해봐."

이서윤은 놀란 눈으로 신혁돈을 바라보았다. 그리곤 물었다.

"자기 몸인데 그렇게 막 굴려도 되요?"

"죽기야 하겠나."

"혹시 모르죠."

신혁돈이 그녀를 물끄러미 바라보며 물었다.

"…보통 시술 전에는 환자를 안심시켜 하는 게 정상 아닌가?"

"그건 의사나 간호사가 하는 일이고, 저는 과학자랍니다."

이서윤은 미소를 지으며 말했고 신혁돈은 헛웃음을 흘리며 고개를 돌렸다. 그 덕에 신혁돈의 어깨에서 졸고 있던 도시락이 균형을 잃고 테이블로 떨어졌다.

이서윤이 떨어진 도시락을 들어 자신의 품에 안았다.

그 모습을 지켜보던 신혁돈이 말했다.

"오늘 할 수 있나?"

"가능은 하죠."

"그럼 바로 시작하지."

"급한 일이라도 있으세요?"

신혁돈은 자리에서 일어서려다 이서윤을 힐끗 보고선 말했다.

"조금."

신혁돈의 뒷말을 기다리며 그의 얼굴을 바라보았지만 신혁돈은 말을 이을 생각이 없어 보였다.

결국 이서윤은 한숨을 내쉰 뒤 자리에서 일어서며 말했다.

"따라오세요."

*　　　　　*　　　　　*

마법진을 새기는 작업은 밤새 이어졌다.

다음날 해가 떠오를 쯤에야 마법진을 완성한 이서윤이 찌뿌둥한 어깨를 문지르며 말했다.

"끝났어요."

신혁돈은 고개를 끄덕이며 일어나 거울에 등을 비춰보았다.

형이상학적인 도형과 선들이 등을 가로질러 오른 팔뚝까지 이어져 있었다.

마법진을 확인한 신혁돈은 왼손에서 몰맨의 손톱을 뽑아 오른손바닥을 그었다.

"마법진 발동 방법은……."

이서윤의 말이 끝나기도 전에 신혁돈이 에르그 에너지를 움직여 마법진을 발동시켰다.

"…잘하시네요."

신혁돈의 등의 마법진이 녹색 빛을 발했다. 그와 동시에 녹색 빛이 움직여 신혁돈의 상처를 감쌌다.

곧 빛이 사라졌고, 상처는 흉터도 남기지 않고 사라져 있었다.

신혁돈은 만족스러운 얼굴로 고개를 끄덕인 뒤 말했다.

"에르그 에너지 소비가 크군."

이서윤은 어깨를 으쓱하며 말했다.

"초기 단계니까요. 그래도 대단한 거라고요. 밀리 계열 능력자가 자가 치유를 할 수 있게 만들 수 있는 건 전 세계에 저뿐일걸요?"

신혁돈은 대충 고개를 끄덕여준 뒤 티셔츠와 트레이닝복을 입고 위에 망토를 걸쳤다.

그 모습을 바라보던 이서윤이 물었다.

"그 트레이닝복에 무슨 사연이라도 있나요?"

"아니."

"그럼 왜 트레이닝복을 고집하세요?"

"편하잖아."

지극히 신혁돈다운 이유에 이서윤이 어이가 없다는 듯 한숨을 쉬었다.

"그래도 한 길드의 마스터잖아요. 뭐랄까… 품위 같은 게 있어야 하지 않을까요?"

"돈으로 사는 품위가 무슨 소용이지?"

무어라 반박하고 싶었지만 할 말이 없었다. 이서윤은 양손의 엄지와 검지를 붙여 네모난 틀을 만들었다.

그리곤 사진을 찍듯 네모난 틀 사이에 신혁돈의 모습을 담은 이서윤이 말했다.

"옷걸이가 아깝다."

그러자 이서윤을 위아래로 훑은 신혁돈이 말했다.

"네가 할 말인가?"

이서윤 또한 치마 레깅스에 티셔츠를 입고, 그 위에 가운을 걸친 상태였다. 자신의 복장을 확인한 이서윤은 쯧 하고 혀를 차며 말했다.

"바쁘다면서요? 얼른 가봐야 하지 않아요?"

"지금 간다."

신혁돈은 구석에서 졸고 있던 도시락을 어깨 위에 올리고선 말했다.

"고맙다."

"예, 많이 고생하세요."

"그러지."

농담이 통하질 않는다. 이서윤은 방을 나서는 신혁돈의 등을 향해 가운뎃손가락을 올려주었다.

*   *   *

오전 9시.

윤태수의 사무실에 패러독스 길드원 8명이 모두 모였다.

소파가 모자라 세 떨거지는 서 있고, 나머지는 자리에 앉아 있었다. 신혁돈은 한 명씩 바라본 뒤 입을 열었다.

"이번 차원문에는 나를 포함한 8명 모두 들어간다."

윤태수와 세 떨거지, 김민희는 긴장한 눈빛으로 신혁돈을 바라보았다.

어글리 베어를 잡은 뒤 괴물과 싸워본 적이 없는 그들로서는 긴장이 될 수밖에 없었다.

아예 경험이 없는 김민희는 입술을 씹으며 손톱을 긁고 있었다.

그에 반해 아이가투스의 차원문을 겪어본 백종화는 조금은 여유로운 얼굴로 신혁돈의 말을 받았다.

"이번 차원문은 마왕 아이가투스의 다섯 번째 시련이야. 민희는 처음 들을 테고, 나머지는 얼추 알지?"

각성자가 된 후 수련과 동시에 차원문에 관한 정보를 이리저리 수집한 김민희였지만 아이가투스라는 이름은 처음 듣는 이름이었다.

"마왕이요?"

"간단히 말하면 보스 위의 보스지. 차원문을 관장하는 마왕 중 아홉 번째 마왕이야."

백종화의 말에 김민희는 고개를 끄덕이긴 했지만 이해를

한 얼굴은 아니었다. 백종화는 손을 휘휘 저으며 말을 이었다.

"일반 차원문은 보스 몬스터와 차원석을 파괴하면 끝나지만 시련은 달라. 특별한 목표가 존재하고, 목표를 완수해야만 차원문을 클리어할 수 있지. 그리고… 시련은 일반 차원문과는 달리 도중에 나올 수 없어."

백종화의 말이 끝나자 윤태수가 손을 들며 물었다.

"이번 목표는 뭡니까?"

"죽은 자의 머리를 베어라."

"…무슨?"

모두가 의문을 표하자 백종화가 준비한 종이를 모두에게 건넸다.

"형님이랑 너희가 최태성 일 처리하는 사이 조사한 자료다. 죽은 자의 머리를 벤다는 건 어쨌거나 죽은 자가 다시 살아 움직인다는 거잖아? 그래서 '언데드'에 초점을 맞춰봤어."

"언데드? 게임에서 나오는 스켈레톤이나 리치 같은 거 말입니까?"

"그래."

신혁돈은 백종화가 조사한 자료를 눈으로 훑었다.

저등급 차원문에서 등장하는 언데드 괴물들을 위주로 조사한 자료였다.

저마다 자료를 읽으며 이것저것 질문을 했고, 백종화는 자신이 아는 지식 내에서 대답해 주었다.

얼추 정리가 되자 신혁돈이 입을 열었다.

"언데드란 죽은 자가 다시 살아나 움직이는 괴물이다. 인간의 시체가 부활한 좀비, 좀비가 된 후 오랜 시간을 거쳐 육체가 붕괴되고 재구성되는 단계에 있는 것이 구울, 그리고 육신을 잃은 망령인 와이트 등이 있다. 그 위의 단계로는 수없이 많으니 생략하지."

모두가 신혁돈을 바라보며 경청하고 있었다. 신혁돈이 말을 이었다.

"언데드를 죽일 수 있는 유일한 방법은 그들의 코어를 부수는 것이다. 문제는 코어의 위치. 언데드는 개체마다 코어의 위치가 다르다. 같은 좀비라 해도 머리에 있는 놈이 있는가 하면 발뒤꿈치에 코어가 있는 놈도 있지."

설명을 들은 고준영이 물었다.

"그럼 어떻게 합니까?"

"산산조각 내서 코어를 찾아야지."

인간의 시체라는 말을 들을 때부터 토할 것 같은 표정을 짓고 있던 김민희가 헛구역질을 했다.

"…진짜 인간의 시체와 같습니까?"

"인간이 아닌 것들이 더 많다. 썩어서 악취를 풍기고 시독을 품고 있다는 것은 같고."

결국 김민희가 화장실로 달려갔다.

그녀의 뒷모습을 한 번 바라본 윤태수가 신혁돈을 보며 물었다.

"그 망령이라는 것들한테도 물리적인 공격이 통합니까?"

"아니, 그래서 백종화와 지혜 씨의 힘이 필요하다."

모두의 시선이 백종화와 안지혜에게로 향했다.

윤태수는 코로 긴 숨을 들이쉬었다.

괜히 여덟 명을 전부 투입하는 게 아니었다. 게다가 전부의 아이템까지 맞추어줄 정도.

다섯 번째 시련의 난이도가 얼마나 될지 감조차 잡히지 않았다.

하지만 암울하기만 한 것은 아니었다.

차원문의 난이도가 높을수록 보상의 질이 높아진다.

그리고 강한 괴물일수록 많은 양의 에르그 코어를 드롭한다.

이번 공략을 성공한다면 길드원 모두 엄청난 성장을 할 수 있을 것이다.

에르그 에너지의 양으로나, 아이템의 질로나.

윤태수가 머릿속으로 계산을 해보는 사이 파리한 얼굴로 돌아온 김민희가 손을 들고 물었다.

"그… 게임 같은 걸 해보면 언데드들은 신성력에 약하잖아요. 그런 식의 약점은 없나요?"

"신성력이라는 힘을 본 적이 없어서 모르겠군. 불에는 약하다."

"그럼 불을……."

윤태수가 그녀의 말을 끊었다.

"여덟 명 중 밀리 계열 능력자가 여섯이야. 괴물에 불을 붙이면 근거리 밀리 계열들은 어떻게 싸울 건데?"

김민희의 눈이 신혁돈에게로 향했다.

혹시 방법이 있지 않느냐 하는 눈빛.

신혁돈은 고개를 저었고, 김민희가 고개를 숙이자 신혁돈이 말했다.

"김민희, 너는 최전방에서 방패를 들고 싸워야 한다."

"…알아요."

"너는 죽지 않는다. 두려워하지 마라."

"말이 쉽지……."

김민희 또한 알고 있다.

엄청난 무게의 방패에 깔려 다리가 짓뭉개져도 몇 시간이 지나면 회복된다. 신체의 일부분이 잘려도 마찬가지.

붙이면 붙고, 잃어버리면 다시 자란다.

하지만 죽지 않는다 해서 고통스럽지 않은 것은 아니었다. 죽을 만큼 아프고, 다시 자라난다 해도 얼마간은 고통이 계속된다.

하지만 포기할 순 없었다.

돈.

병원에 있는 어머니, 그리고 자신의 미래를 위해서는 다가

온 기회를 잡아야 했다.

김민희는 발치에 놓인 방패를 바라보았다.

'저게 1억이 넘지……'

김민희가 이를 악물었다.

고개를 숙인 김민희의 정수리를 보던 신혁돈이 고개를 돌려 나머지를 바라보며 말했다.

"내일 오전 10시에 출발한다. 식량은 2주치. 나머지 필요한 것들은 알아서 챙기도록."

"예."

"네."

이야기는 끝났지만 자리를 뜨는 이는 없었다. 모두가 각자의 생각에 잠겨 다른 곳을 바라보고 있을 뿐이었다.

*　　　　*　　　　*

보랏빛 운무가 가득 배어 있는 하늘이 펼쳐졌다.

거대한 성벽이 골조를 드러낸 채 음습한 분위기를 더하고 있었고, 성벽 너머로 세월을 이기지 못한 높은 탑이 위태로운 모습으로 서 있었다.

회색 벽돌로 지어진 성벽은 여기저기 허물어져 내부가 훤히 들여다보였다.

성의 내부에는 중세 시대의 그것과도 같은 건물들이 마구

잡이로 늘어서 있었다.

"…시작부터 끝내주네."

마지막으로 넘어온 고준영의 투덜거림과 함께 8명의 인원이 차원의 경계를 넘어 아이가투스의 다섯 번째 차원에 진입했다.

"하늘이 보라색이에요."

김민희와 안지혜의 눈이 보랏빛 하늘에 고정되었다. 지구에서는 볼 수 없는 희귀한 색채에 시선을 빼앗겼던 안지혜의 눈에 꿈틀거리는 무언가가 보였다.

안지혜는 백종화의 어깨를 툭툭 친 뒤 하늘을 가리켰고, 곧 꿈틀거리는 것의 정체를 파악할 수 있었다.

"언데드의 차원이네."

형체가 있는 듯 없는 듯 희끄무레한 것들에 무언가의 얼굴이 달려 있었다.

신혁돈과 백종화의 예측이 적중한 것이다.

모두가 찌푸린 얼굴이었으나 유독 신혁돈의 얼굴이 심각했다. 신혁돈의 표정을 읽은 윤태수가 신혁돈에게 다가가 물었다.

"왜 그러십니까?"

"공기 중에 독이 있다."

"…예?"

짧은 한 문장이었지만 모두의 숨을 틀어막기엔 충분했다.

"빠르게 끝내야겠군."

"…숨 쉬어도 되는 겁니까?"

"지금은."

말을 마친 신혁돈이 성 한가운데 우뚝 솟아 있는 탑을 바라보았다.

"저기가 목표군."

"어떻게 아십니까?"

"에르그 에너지가 가장 강하게 느껴진다."

아이가투스의 눈속임 망토가 4단계 진화를 이루며 더욱 날카로워진 감각이 말해주고 있었다.

저곳에 네가 찾는 게 있다고.

"최단거리로 돌파한다."

먼저 걸어가기 시작한 신혁돈의 뒷모습을 바라보던 고준영이 윤태수에게 물었다.

"지금은… 이면 언제까지 숨을 쉬어도 된다는 겁니까?"

윤태수는 고개를 저었다.

"위험하면 말해 주시겠지."

말을 마친 윤태수가 신혁돈의 뒤를 따라 걸음을 옮기자 나머지 사람들도 꺼림칙한 얼굴로 뒤따라 정문으로 향했다.

성에 다가갈수록 악취가 진동했다. 땀에 절은 가죽 시계를 10년쯤 방치하면 이런 냄새가 날까.

어느새 거대한 크기로 돌아온 도시락 또한 공기가 마음에 들지 않는지 까악거리며 날갯짓을 했다.

성에 들어선 신혁돈은 주먹을 들어올렸다.

"민희, 태수, 그리고 내가 선두. 지혜 씨, 종화가 중간. 나머지는 후미에 선다."

일곱이 고개를 끄덕이자 신혁돈은 도시락을 가리키며 말했다.

"넌 정찰, 그리고 혼자 상대할 수 있을 것 같으면 가서 정리해라."

"까악!"

도시락이 대답하듯 포효를 한 뒤 하늘로 올라갔다.

곧 셋, 둘, 셋으로 이루어진 타원형 진을 이룬 신혁돈 일행이 천천히 대로를 따라 성으로 진입했다.

단층 건물들은 오래전 폐허가 된 것인지 이미 무너질 대로 무너진 상태였다.

그랬기에 여덟 명의 발자국 소리 외에는 아무 소리가 나지 않았고, 다른 소리가 들렸을 때 신혁돈이 별다른 신호를 주지 않아도 모두가 멈춰 설 수 있었다.

"좀비. 늑대군."

건물들 사이로 썩은 살점 사이로 구더기가 들끓는 늑대들이 등장했다. 제일 앞에 선 김민희는 금방이라도 기절할 듯한 얼굴로 사각 방패를 코까지 추켜세웠다.

그때, 윤태수가 한 발 앞으로 나섰다.

윤태수는 주먹만 한 붉은 구슬들을 탄띠처럼 온몸에 둘러메고 있었는데, 그것 중 하나를 손에 들며 말했다.

"이거 실험 좀 해보겠습니다."

신혁돈이 고개를 끄덕이자 윤태수가 한 발 더 앞으로 나서며 에르그 에너지를 집중했다.

그러자 그의 등에서 빛을 발하던 마법진이 더욱 큰 빛을 내며 마치 빛의 날개와도 같은 모습으로 변했다.

윤태수는 가지고 있던 모든 에르그 에너지를 아차람의 구슬에 쏟아 부었다.

그리고 좀비 늑대들이 윤태수에게 달려든 순간.

윤태수가 증폭을 발동시켰다.

콰앙!

아차람의 구슬이 폭발하며 엄청난 화염을 부채꼴로 쏟아냈다.

화르륵!

그 결과 달려오던 십여 마리의 좀비 늑대들이 화염에 휩싸이며 사방으로 날아갔다.

반탄력을 이기지 못한 윤태수 또한 긴 족적을 남기며 뒤로 밀려났다.

윤태수가 넘어지려는 순간, 김민희가 그의 등을 받쳐주었다.

"오……."

탄성을 흘린 신혁돈은 재빨리 달려 나가 코어가 부서지지
않은 좀비 늑대들의 코어를 찾아 부수었다.

그의 뒤에서 구경하고 있던 떨거지 삼인방이 신혁돈을 도
우려 하자 백종화가 손을 뻗어 제지했다.

삼인방이 의아한 얼굴을 하자 백종화가 말했다.

"너희는 후미다. 어떤 일이 있어도 앞으로 나서지 마."

"알겠습니다."

순식간에 상황을 정리한 신혁돈은 한 마리의 코어를 부수
지 않고 꺼내 손에 들었다.

검은색의 새끼 손가락만 한 구슬이 신혁돈의 손바닥 위에
들렸다.

코어를 꺼낸 신혁돈은 바로 입에 집어넣었다.

그 모습을 목격한 이들이 경악했지만 정작 당사자인 신혁
돈은 아무런 표정 없이 코어를 씹고 있었다.

[언데드]
―포식 스킬의 랭크가 모자라 스킬이 생성되지 않습니다.
분배 가능 포인트 : 1

신혁돈의 입꼬리가 올라갔다.

포식 스킬은 어떠한 괴물의 능력이라도 흡수할 수 있다.

물론 형체가 없는 것은 할 수 없지만, 언데드는 코어라는 형체가 있다.

그렇기에 혹시나 하는 생각에 먹어본 것이고 스킬이 생겨난 것이다.

아직은 포식의 랭크가 모자라 스킬이 생성되지 않지만 포인트는 쌓을 수 있다. 신혁돈이 만족스러운 얼굴로 고개를 끄덕이는 동안 김민희가 경악하며 소리쳤다.

"세상에… 아저씨, 뭘 먹은 거예요?"

몇 번의 사냥을 통해 신혁돈이 괴물의 고기를 먹는 광경에 익숙해졌던 이들도 언데드의 것을 먹을 것이라 생각하진 못했는지 충격에 휩싸인 모습이었다.

"코어."

간단히 대답한 신혁돈은 일행에게 다가와 말했다.

"진형을 바꾼다. 내가 1진. 윤태수, 김민희가 2진. 나머진 그대로."

"코어 먹으려고 그러는 거죠?"

"맞아."

김민희는 얼굴의 온 근육을 활용해 표정을 구겼지만 할 말을 마친 신혁돈은 윤태수를 보곤 물었다.

"아차람의 구슬인가?"

"예, 이번에 얻은 스킬 증폭, 감쇄를 이용하면 이런 것도 가능하지 말입니다."

"몇 개 가져왔지?"

윤태수는 탄띠의 총알처럼 매달린 아차람의 구슬을 좌르륵 쓸어내리며 말했다.

"스물두… 하나 썼으니 스물한 개입니다."

"어지간하면 아껴라."

"예."

코어가 파괴당한 좀비 늑대의 시체 위로 에르그 코어가 떠올랐다.

"얘네도 에르그 코어가 나오는군요."

"김민희."

"네?"

"네가 흡수해라."

김민희는 얼떨떨한 얼굴로 다른 이들을 바라보았다. 다른 이들 또한 이견이 없는 얼굴이었다.

"제가요?"

"싫어?"

"그럴 리가요."

김민희는 커다란 사각 방패가 무겁지도 않은지 방패를 한 손에 든 채 쫄래쫄래 뛰어와 에르그 코어를 흡수했다.

지금 신혁돈 팀의 구멍은 김민희였다.

죽지 않는다는 거대한 메리트가 있긴 했지만 팀 내에서 1인 분을 하지 못한다면 고기 방패보다 못한 게 된다.

가장 능력이 모자란 김민희를 성장시켜 팀의 평균 성장치를 맞추는 게 중요하기에 김민희에게 에르그 코어를 몰아준 것이다.

김민희가 모든 에르그 코어를 흡수한 뒤 제 자리로 돌아가자 신혁돈이 말했다.

"움직이지."

* * *

관리국.

후임에게 신혁돈에 관한 정보를 받은 이남정이 되물었다.

"신혁돈이 7명과 함께 레드 홀 F등급 차원문에 들어갔다고?"

"예."

"…3등급 능력자가 뭐가 아쉬워서?"

후임은 어깨를 으쓱이며 말했다.

"저야 모르지 말입니다."

"나머지 일곱 명의 신상은?"

"신혁돈을 제외하면 죄다 가면을 쓰고 있어서 모르겠습니다. 그런데 다들 짐이 한가득인 걸 보면 차원문 공략을 하러 간 거 같긴 합니다."

"레드 홀 F등급 차원문? 도대체 왜?"

이남정의 물음에 후임은 다시 한 번 어깨를 으쓱해 보일 뿐
이었다.

답답해진 이남정은 의자에 기대며 말했다.

"도대체 뭐하는 놈이야."

후임은 머리를 쥐어뜯는 이남정의 모습을 보며 말했다.

"신혁돈, 그 양반 잡아다 묶어놓고 물어보시지 말입니다."

"…네가 해오면 내가 현찰로 10억을 주마."

후임은 피식 웃으며 대답했다.

"전 괴물까지 부리는 3등급 능력자를 산 채로 포획할 자신
없지 말입니다."

"썩을 새끼……."

＊　　　　＊　　　　＊

"쿠어!"

어글리 베어의 신체에 몰맨의 손톱, 육눈수리의 눈과 아르
마딜로 리자드의 피부를 한 신혁돈은 괴물, 그 자체였다.

"…맙소사."

괴물로 변한 신혁돈은 언데드의 신체를 물어뜯는 것도 개
의치 않곤 학살을 벌였다.

신혁돈의 뒤로 흘러나오는 몬스터들을 김민희와 윤태수가
마크했고, 허공을 날아다니는 악령들은 안지혜와 백종화, 그

리고 도시락이 처리했다.

그리고 바닥에서 튀어나오는 스켈레톤들은 떨거지 삼인방이 맡았다.

어느새 체계가 잡혀가는 모습이었다.

김민희 또한 에르그 코어를 몰아 먹은 덕인지 시련에 처음 입장할 때보다 날렵한 몸놀림과 확실한 타격을 주고 있었다.

방패를 이용해 공격을 막아내고, 사각 방패의 날카로운 부분과 무게를 이용하는 전투방식은 무른 몸을 가진 언데드들에게 효과적으로 먹혀들었다.

"세상에, 끝이 없네."

성의 중앙에 가까워질수록 더 많은 언데드가 등장했다.

각성자들이 죽인 괴물의 시체들을 전부 이곳에 모아두기라도 한 듯 다양한 종류의 언데드들이 일행을 습격했다.

분명 코어를 부숴 완벽히 죽은 것을 확인했음에도 '또 살아나는 게 아닌가?' 하는 생각이 들 정도로 많았다.

도시락은 하늘을 날며 불을 뿜고, 거대한 발톱으로 언데드들을 찢어 발겼다.

여덟 명과 한 마리의 노력 덕에 일행은 조금씩 전진할 수 있었고, 이내 성의 중앙에 있는 거대한 탑의 입구까지 도착할 수 있었다.

신혁돈은 재빨리 계단을 올랐고 고지를 선점한 신혁돈이 먼저 녹슨 철문을 등지고 서며 말했다.

"내 뒤로!"

거대한 포효와도 같은 목소리를 들은 백종화가 수신호를 보냈다.

그러자 김민희와 윤태수가 떨거지 삼인방에게로 붙고, 백종화와 안지혜가 신혁돈의 뒤로 물러섰다.

거대한 철문의 앞에 선 백종화가 철문의 손잡이를 쥔 순간.

신혁돈이 뒤도 돌아보지 않고 말했다.

"열지 마."

"예?"

"열면 닫을 수 없다."

괴물의 숨소리가 섞인 목소리인데다 언데드들의 기성 덕분에 알아듣기가 힘들었다. 이유를 묻는다 해도 듣기 힘든 상황.

백종화는 쉴 새 없이 언령을 사용하면서도 생각을 계속했다.

'왜?'

눈앞에는 수백은 가뿐히 넘을 듯한 언데드가 있다.

그리고 뒤에는 목적지가 있다.

탑의 문만 열고 들어가면 되는 상황.

'그다음은?'

문을 닫아야 한다.

하지만 문 안에 강한 존재가 있다면?

진퇴양난의 상황에 놓이게 된다.

그제야 고개를 끄덕인 백종화가 소리쳤다.

"태수야! 구슬 터뜨려라!"

윤태수의 시선이 신혁돈에게로 향했고, 신혁돈이 고개를 끄덕이며 말했다.

"세 개!"

윤태수가 재빨리 뒤로 물러섰고, 남은 다섯 사람이 윤태수가 빠지며 생긴 틈을 메우고 섰다.

뒤로 물러선 윤태수는 심호흡과 동시에 아차람의 구슬 세 개를 손에 쥐었다.

그리곤 온몸에 있는 에르그 애너지를 전부 모아 아차람의 구슬로 집어넣었다.

"뒤로!"

윤태수의 목소리와 함께 다섯 사람이 윤태수의 뒤로 넘어갔다.

그 순간.

증폭!

세 개의 구슬이 연쇄 폭발하며 어마어마한 위력을 발휘했다. 순간적으로 일어난 화염이 시야를 가릴 정도.

그때, 일행의 가운데 서 있던 신혁돈이 화염 속으로 뛰어들었다.

언데드들이 일어날 시간을 주지 않고 죽이겠다는 의지였다.

모두가 화염이 그치길 기다릴 때, 이를 악문 김민희가 화염 속으로 뛰어들었다.

짐이 되지 않겠다는 의지를 보인 것이다.

갑자기 터진 화염에 괴로워하던 언데드들은 신혁돈과 김민 희의 공격을 막아내지 못하고 다시 한 번 죽었다.

곧 화염이 사그라들자 다른 이들 또한 정리에 나섰다.

"으아!"

김민희가 기합과 동시에 사각 방패의 모서리로 좀비 늑대를 내리찍었다. 좀비 늑대가 두 동강나며 코어가 흘러나왔고, 김 민희는 더러운 벌레를 밟듯 코어를 밟아 부쉈다.

"끝! 끝이다아!"

더 이상 서 있는 언데드 몬스터가 없다.

탱그랑.

털푸덕.

김민희는 방패를 집어 던지고선 그 위에 몸을 던졌다.

그러자 신혁돈이 말했다.

"그러다 죽는다."

"헉… 헉… 죽었다 살아나면 덜 피곤하지 않을까요?"

"허…….."

신혁돈은 헛웃음을 흘리며 말했다.

"헛소리 말고 에르그 코어나 챙겨라."

김민희는 누운 채로 고개만 들어 주변을 둘러보았다.

사방에 수백 개의 에르그 코어가 떠올라 있었다.

사람 상체만 한 크기의 에르그 코어 수백 개가 떠올라있는 광경은 장관이라 말하기 부족함이 없었다.

탄성을 흘리며 주변을 보던 김민희가 다시 고개를 뉘이며 말했다.

"…저게 다 돈이었으면 좋겠다."

"돈이나 마찬가지지."

김민희가 누워 있는 사이 고준영이 그녀의 곁을 지나며 에르그 코어를 흡수했다. 그 모습을 본 김민희는 간신히 몸을 일으키고선 에르그 코어를 흡수했다.

신혁돈은 계단을 올라 탑의 입구에 섰다.

곧 모든 에르그 코어를 챙긴 이들이 신혁돈의 뒤에 섰다.

"쉬고 싶지?"

신혁돈의 말에 모든 이들의 눈에 휴식에 대한 갈망이 서렸다.

거의 4시간을 쉬지 않고 싸웠다.

바닥에 머리만 댄다면 잘 수 있을 것 같았다.

그러자 신혁돈이 미소를 지으며 말했다.

"140시간 정도 남았다."

고준영이 물었다.

"뭐가 말입니까?"

"너, 죽기까지."

"아, 독······."

계단에 앉아 있던 고준영은 질겁한 표정으로 일어나며 말했다.

"뭣들 하십니까? 빨리 갑시다!"

　　　　*　　　　　*　　　　　*

신혁돈 일행이 들어간 레드 홀 F등급 차원문의 입구.

작은 눈의 큰 코의 사내, 이남정이 기웃거리고 있었다.

[3등급 각성자, 8인 공격대 공략 중. 난입 금지.]

차원문 입구의 보드에 쓰여 있는 정보였다.

클리어 여부, 혹은 차원문에 대한 정보를 기록해 두는 게시판인데 이것을 보드, 혹은 칠판이라 부른다.

보드를 한 번 읽어본 이남정은 팔짱을 낀 채 주변을 둘러보았다.

아무리 봐도 이상한 점을 찾을 수 없다.

그렇다고 난입 금지라 되어 있는 차원문을 들어갈 수도 없다.

목숨을 걸고 사냥을 하는 차원문에 허락 없이 난입하는 것은 '숟가락을 얹겠다.' 혹은 '너희 모두를 죽이고 전리품을 독식하겠다.' 라고 말하는 것과 다를 것 없었다.

고민하던 이남정은 뒤통수를 벅벅 긁고서는 자신의 차로 돌아왔다.

신혁돈이 나올 때까지 기다렸다가 그들의 모습을 보고 판단할 생각이었다.

차에 앉아 무료한 시간을 보내던 이남정의 눈에 수상한 사람 둘이 보였다.

평범한 각성자로 보이는 두 사람은 신혁돈이 들어간 차원문 앞에 한참을 서 있었다. 그러다 무슨 이야기를 나누고서는 차원문으로 들어갔다.

'…일행인가?'

일행으로 보자니 복장이 너무 단출하다. 게다가 난입 금지라 쓰여 있는 상황. 후발대가 있을 가능성은 적다.

그렇다면?

'뒤통수를 노리는 놈들?'

이남정이 팔짱을 낀 채 붉은색으로 빛나는 차원문을 바라보았다.

*　　　　*　　　　*

녹슨 철문이 열리고 여덟 명이 탑으로 진입했다.

"더럽게 넓네."

고준영의 말대로 탑 내부는 굉장히 넓었다.

어지간한 축구장 반 개 정도 크기의 공간이 펼쳐져 있었고 들어온 문 반대편에 2층으로 올라가는 계단이 존재했다.

계단 옆에는 거대한 철문이 아가리를 벌린 채 보랏빛 운무를 뿜고 있었다.

그나마 다행인 점은 천장에 달린 샹들리에 덕에 사물을 식별하는 데 이상은 없었다.

탑 내부를 살핀 백종화가 말했다.

"계단 가까이 가면 저 철문에서 괴물이 쏟아지겠군. 어떻게 생각하십니까, 형님?"

신혁돈이 동의의 의미로 고개를 끄덕이자 백종화가 자신들이 들어온 문을 가리키며 말했다.

"괴물이 나옴과 동시에 뒷문은 닫히겠지 말입니다?"

"그렇겠지."

"…기가 막히는 구조네."

진부한 구조지만 그만큼 효과적인 구조다.

모두 죽거나, 모든 적을 죽이기 전까지는 빠져나갈 수 없는 구조.

그들의 대화를 듣고 있단 고준영이 신혁돈에게 물었다.

"140시간이면 보자… 5일이네. 5일이면 충분하지 말입니다?"

"해봐야지."

당연히 가능하다는 말을 할 줄 알고 고개를 끄덕이고 있던 고준영의 눈이 휘둥그레져서 신혁돈을 바라보았다.

"공기 중에 퍼져 있는 독은 시체 독, 그중에도 인간의 장기를 손상시키는 독이다. 중독되기 시작하면 제일 먼저 숨이 가빠온다. 두 번째 증상은 머리와 가슴이 아파온다."

"…세 번째는 뭡니까?"

"없다. 두 번째 단계가 시작하기 전에 끝내야지."

고준영은 숨을 깊게 들이쉬며 가슴을 두들기며 물었다.

"막을 수 있는 방법은 없습니까?"

"검은 시체 꽃이 있긴 하지만 여기도 있을지는 모르겠군. 탑 구석구석 잘 살펴봐라."

멍하니 있던 일행들의 눈이 반짝이며 바닥을 살폈다.

그사이 신혁돈은 몬스터 폼을 발동시키며 탑의 중앙을 향해 걸어갔다. 그러자 일행들은 자연스레 진형을 이루며 신혁돈의 뒤를 따랐다.

끼이이 쾅!

일행이 계단에 가까워지자 들어온 문이 닫혔다.

그리곤 보랏빛 운무를 내뿜던 문에서 붉은 안광들이 하나둘 나타났다.

"그르륵."

"가르, 그라륵."

가래가 끓는 듯한 숨소리.

구울이었다.

"손톱에 스치면 중독된다. 막지 말고 피해라."

신혁돈의 말이 끝나기 무섭게 괴물들이 튀어나왔다.

인간과 비슷하게 생겼으나 팔 다리가 기형적으로 길었고 그 끝에 달린 손발톱은 예리하게 빛났다.

"까악!"

구울의 포효에 지지 않겠다는 듯 도시락 또한 포효하며 불을 뿜었다.

구울은 네 개의 긴 팔다리를 이용해 거미처럼 달려왔다.

신혁돈과 도시락, 두 마리의 괴물과 구울들이 전투를 시작했다.

*　　　　　*　　　　　*

갑작스레 바닥에서 솟아난 스켈레톤이 고준영의 발목을 노렸다.

"발목!"

백종화의 외침과 동시에 고준영이 뛰어올랐고, 백종화는 검을 휘둘렀다.

후웅!

파삭!

마력이 담긴 검에 스켈레톤의 두개골이 마치 먼지처럼 박살 나 사방으로 흩어졌다.

순식간에 스켈레톤의 코어가 드러났고 백종화는 지팡이로 코어를 내리 찍었다.

쿵!

고준영은 백종화에게 고개를 끄덕여 감사를 표한 뒤 다시 전장으로 뛰어들었다.

한숨 돌리려는 순간.

끼아아아아!

허공이 갈라지며 악령이 나타나 백종화의 목덜미를 노렸다. 백종화는 미간을 구기며 지팡이를 든 손을 들며 외쳤다.

"사라져라!"

그러자 백종화의 지팡이에서 환한 빛이 뿜어졌고 이내 희끄무레한 형체마저 잃어버린 악령이 코어를 떨구며 사라졌다.

"…개 같은."

전황이 좋지 않다.

시체를 엮어 만든 플래시 골렘과 구울들이 사방에서 날뛰고 있고 바닥에서는 스켈레톤이 솟아난다.

숨 쉴 틈도 없이 차원을 찢고 나타난 악령들이 목덜미를 노리고, 리치들은 사방에서 마법을 쏟아붓는다.

'무리다.'

이제 3층.

두 개의 층을 클리어하고 올라오며 엄청난 수의 언데드들을 물리쳤다.

세 번째 층은 다르겠지 하는 마음으로 올라왔으나 다를 것은 없었다. 전보다 많은 양의 언데드 몬스터가 쏟아져 나올 뿐이었다.

두 개의 층을 올라오며 하루가 지났고, 이제 남은 시간은 나흘.

벌써 수백에 달하는 언데드를 물리쳤음에도 언데드의 수는 줄어들 기미가 보이지 않았다.

계단의 옆에 있는 철문에서는 지금도 계속해서 언데드들이 튀어나오고 있었다.

게다가 이번 층에 새로 나타난 플래시 골렘들이 문제였다.

신혁돈 일행에 의해 코어를 파괴당한 언데드 시체들을 불태우지 않고 가만히 두면 꾸역꾸역 모여 붙었고, 곧 시체를 기워 만든 것처럼 생긴 플래시 골렘으로 재탄생했다.

신혁돈과 윤태수를 제외한 나머지 밀리 계열 능력자들의 공격력이 부족했다.

그 때문에 플래시 골렘의 처리가 더뎠고, 자잘한 언데드 몬스터를 처리할수록 플래시 골렘의 수가 늘어갔다.

윤태수가 계속해서 아차람의 구슬을 터뜨리며 시간을 벌고 있었지만 그마저도 얼마 남지 않았다.

쿠어어!

그때 신혁돈이 크게 포효했다.

신혁돈은 전쟁의 신과 접신이라도 한 듯 미친 듯이 싸우고 있었다.

손에 걸리는 모든 것들을 썰고, 부수고, 파괴했다.

언데드 개체 하나 하나만 두고 보자면 강한 편이 아니다. 하지만 수가 문제였다.

신혁돈 일행이 죽이는 괴물의 수보다 쏟아져 나오는 양이 더 많았다.

이대로는 답이 없는 상황.

두 개의 층을 겪으며 일행은 빠르게 성장했다.

특히 밀리 계열 능력자들의 성장은 눈부셨다.

괴물과 호흡이 맞닿을 정도로 가까운 곳에서 목숨을 걸고 전투를 벌이다 보니 자연스레 실력이 늘어난 것이다.

안지혜와 백종화 또한 엄청난 양의 에르그 코어를 흡수하면서 더욱 오래, 그리고 강력한 마법을 퍼부을 수 있게 되었다.

하지만 무리다.

적의 숫자가 너무나 많았다.

'범위 공격이 필요하다.'

신혁돈의 눈이 빠르게 전장을 살폈다.

그때 이리저리 화염을 뿜으며 고군분투를 하고 있는 도시락이 눈에 들어왔다. 수많은 언데드들이 온몸에 달라붙어 있었으나 도시락의 피부를 뚫진 못하고 있었다.

그때 신혁돈의 눈에 이채가 띠었다.

"도시락!"

"까악!"

"날아!"

도시락은 신혁돈의 명령과 동시에 천장에 닿을 듯 날아올랐고.

"바닥으로 떨어져라!"

두 쌍의 날개를 곧게 펼친 도시락은 자신의 몸무게를 실어 플래시 골렘을 향해 떨어졌다.

콰아앙!

도시락에게 깔린 플래시 골렘이 곤죽이 되었다.

"반복!"

"까악!"

자신을 괴롭히던 플래시 골렘이 박살 난 것을 확인한 도시락이 크게 포효하며 다시 한 번 하늘을 향해 날아올랐다.

콰앙! 콰앙! 콰앙!

도시락의 몸통 박치기 덕에 탑 전체가 지진이라도 난 듯 흔들렸다. 지진이 한 번 날 때마다 플래시 골렘을 위시한 언데드들이 뭉텅이로 사라지고 있었다.

어느 정도 익숙해진 도시락은 하늘로 올라가며 화염을 뿜고, 내려오며 화염을 뿜으며 엄청난 수의 언데드를 한 번에 없였다.

덕분에 여유가 생긴 신혁돈이 전장을 누비며 플래시 골렘을 정리했고 곧, 모든 언데드를 정리할 수 있었다.

모든 언데드가 쓰러지며 동시다발적으로 수많은 에르그 코어가 떠올랐고, 보랏빛 운무를 뿜던 철문이 쾅 소리를 내며 차례대로 닫혔다.

"만세!"

고준영은 만세를 부르며 쓰러졌고 소리 지를 힘조차 없는 이들은 그대로 뒤로 누웠다.

총 4개의 문 중 3개가 닫히고, 마지막 문이 닫혀야 하는 순간.

문은 닫히지 않았다.

일행 중 유일하게 철문을 바라보고 있던 신혁돈의 미간이 찌푸려졌다.

보랏빛 운무를 뚫고 푸른 안광이 반짝였고, 신혁돈이 말했다.

"안 끝났다."

그의 말에 모든 이들의 시선이 닫히지 않은 철문으로 향했다.

푸른 안광이라 생각했던 것은 패턴이었다.

이마에 푸른 패턴, 즉 이능 패턴을 새긴 거대한 스켈레톤 한 마리가 걸어 나오고 있었다.

3m는 될 법한 거대한 뼈다귀와 양 손에서 타오르고 있는 화염구.

"리치……."

마법을 사용하는 언데드.

신혁돈의 시선이 백종화에게로 향했다.

"디스펠, 가능한가?"

"해… 보겠습니다."

고개를 끄덕인 신혁돈이 리치를 향해 나갔다.

그 순간.

리치의 손에서 화염이 폭사되었다.

*　　　　*　　　　*

마이더스의 사무실.

TV를 틀어놓은 채 신문을 읽던 공윤호가 신문을 집어던졌다.

그러자 앞에 앉아 있던 정보부장, 이태혁이 고개를 숙였다.

이태혁의 정수리를 바라보던 공윤호는 담배를 꺼내 물며 말했다.

"최태성, 이 새끼는 뒤져서도 도움이 안 되네……."

재떨이를 자신의 앞으로 끌어오던 공윤호의 눈에 신문 1면의 제목이 보였다.

—최태성, 자살이 아닌 타살? 마이더스 개입 의혹.

한껏 표정을 구긴 공윤호가 이태혁에게 말했다.

"도대체 왜 최태성 자살에 우리가 언급되어야 하는데? 아니, 자살이라고 발표난 거 가지고 왜 지랄이냐고!"

이태혁은 고개를 휘휘 저으며 말했다.

"아무래도 미심쩍다는 거 아니겠습니까. 어지간한 사람이면 대한민국 경찰 일 처리 속도를 알 텐데… 텐구의 일 처리가 너무 빨라서 오히려 의심을 산 것 같습니다."

공윤호가 소파에 기대며 긴 한숨을 흘렸다.

"이걸 어째야 될까……."

"이미 저희의 이름이 나온 이상 더 큰 사건이 아니면 덮기 힘들 겁니다. 그리고… 제 생각에는 더 가드 정보부도 조금 엮여 있지 않나 하는 생각이 듭니다."

안 그래도 구겨져 있던 공윤호의 얼굴이 찌푸려졌다.

"곧 더 가드에서 B등급 공략을 들어갈 텐데, 우리가 무슨 수작을 부릴지도 모르니 미리 막아 두자는 차원에서 말입니다."

"썩을 새끼들……."

공윤호는 창밖을 내다보며 줄담배를 피웠다.

최태성 사건이 불거지고 마이더스의 이름이 계속 언급될수록 마이더스의 재기 시기는 늦어진다.

더 이상 무능을 보여줄 순 없기에 텐구에게 도움을 청할 수도 없는 상황.

"태혁아."

"예?"

"최태성 비리 장부나 죽인 사람 리스트 같은 거 있냐?"

"…있긴 합니다만."

"그거 풀어."

이태혁이 꺼림칙한 표정으로 되물었다.

"아무리 그래도 죽은 사람인데… 더 물고 늘어지긴 좀 그렇지 않습니까?"

공윤호는 어느새 수북해진 재떨이에 꽁초를 구겨 넣으며 말했다.

"죽은 놈은 이미 죽은 거고, 살 사람은 살아야지."

"……."

이태혁이 대답이 없자 공윤호가 이태혁의 어깨에 손을 얹으며 말했다.

"뒤진 놈 챙겨주면 걔가 하늘에서 네 뒤라도 봐준대? 내가 다 책임질 테니까 그냥 풀어."

"…알겠습니다."

"그래."

공윤호가 이태혁의 어깨를 두들기며 말했다.

"이미 죽은 놈, 한 번 더 죽이는 게 뭐 어떠냐. 다시 돌아올 놈도 아니고."

이태혁이 천천히 고개를 끄덕였다.

죽은 자는 말이 없다.

그러니 미안할 것도 없었다.

* * *

신혁돈 일행 외 두 명이 더 들어간 차원문을 바라보던 이남정은 담배를 피우기 위해 차에서 내렸다.

'두 놈이라……'

이름 있는 길드 소속은 아니다.

그렇다고 실력자도 아니다.

두 가지 중 하나라도 만족했다면 이남정이 못 알아볼 리 없었다.

'그럼 초보?'

이남정이 고개를 가로저었다.

아무것도 모르는 각성자라 한들 3등급 각성자라는 한글은 읽을 줄 안다.

게다가 보드에 쓰여 있는 정보를 확인한 뒤 들어갔다.

'아무래도 찝찝한데.'

신혁돈 일행이 당할 것이라는 생각이 들진 않았다.

여덟 명인데다, 전에 보았던 괴물 한 마리가 같이 있을 테니까.

그럼에도 불안하다.

"아오……."

이남정이 고민을 하며 머리를 쥐어뜯었다.

그때.

레드 홀에서 두 사람이 빠져나왔다.

이남정은 얼른 자신의 시계를 바라보았다.

'2시간이라……'

차원문 내의 누군가를 찾아 무언가를 하고 나오기에는 짧은 시간.

'잘못 들어간 건가?'

그때 두 사람이 이남정이 있는 주차장 쪽으로 다가왔다. 이남정은 물고 있던 담배를 비벼 끈 뒤 얼른 차에 올랐다.

그러자 주차장으로 들어온 두 사내는 자신들의 차에 올랐다.

곧 출발할 것이라 생각했지만 그들은 출발하지 않고 신혁돈이 들어간 레드 홀 쪽을 감시하고 있었다.

그들의 차를 힐끗 바라본 이남정이 핸드폰을 꺼내 후임에게 전화를 걸었다.

"바쁘냐?"

—예, 그럼 끊겠습니다.

"야, 이 개……."

—장난이지 말입니다. 무슨 일이십니까?

"차량 번호판 조회 하나만 해봐라."

이남정이 후임에게 번호판과 차종을 알려주었다.

—예, 잠시만 기다려주십쇼.

키보드를 두드리는 소리와 함께 후임이 물었다.

—그런데 무슨 일입니까?

결과가 조회되는 동안 이남정이 후임에게 감시하며 생긴 일을 설명해 주었다.

—굉장히 수상한 냄새가 나는데 말입니다. 아, 결과 나왔습니다.

"뭔데?"

—대포입니다.

"대포면 끝이야? 추적해 봐."

—좀 걸리는 거 아시잖습니까. 두 시간만 주십시오.

이남정은 핸드폰을 귀에 댄 채 시선을 돌려 대포차를 바라보았다.

"그래, 저놈들도 신혁돈 나올 때까지 안 움직일 생각인 것 같으니… 최대한 빨리 보내줘."

—알겠습니다. 수고하십쇼.

"오냐."

이남정은 대포차에서 시선을 떼고선 레드 홀을 바라보았다.

'뭐하는 놈들일까… 그리고 신혁돈, 당신은 뭘 하고 다니기에 나로 모자라서 이런 놈들을 붙이고 다니는 거요?'

물음에 답할 이가 없으니 이남정은 홀로 입술을 씹을 뿐이었다.

*　　　　*　　　　*

화르륵!

신혁돈의 몸에 작렬한 불덩이가 신혁돈의 몸을 집어삼켰다.

그 순간, 불의 벗 효과가 발동되며 화염에 저항했고, 신혁돈을 태우던 불길이 사그라들었다.

하지만 화상을 입는 것까지 막을 순 없었다.

"후……."

참았던 숨을 내쉰 신혁돈은 에르그 에너지를 움직여 치유 마법진을 발동시켰다.

그러자 에르그 에너지가 뭉텅이로 빠져나가며 신혁돈의 피부에 생겼던 화상 자국들이 순식간에 치료되었다.

'네 번.'

불의 벗의 중급 치료까지 합치면 다섯 번까지는 받아낼 수 있다.

공격을 받아낸 신혁돈이 리치에게 달려들어 몰맨의 손톱을 휘둘렀다.

하지만 리치는 자신에게 달려드는 신혁돈에게 신경조차 쓰지 않은 채 여유롭게 화염구를 만들어냈다.

신혁돈은 의아함을 느꼈지만 공격을 멈출 순 없는 노릇. 신혁돈은 모든 힘을 실어 팔을 휘둘렀다.

쾅!

'배리어!'

그 순간 투명한 막이 생겨나며 신혁돈의 공격을 튕겨냈다. 신혁돈은 얼얼한 팔을 감싸며 뒤로 물러났으나 어느새 생겨난 화염구가 신혁돈을 강타했다.

화염구에 직격당한 신혁돈이 수 미터를 날아가 나동그라졌다.

"형님!"

'세 번.'

배리어가 있는 이상 물리적인 공격은 통하지 않는다.

신혁돈은 재빨리 균형을 잡고 일어서며 말했다.

"공격 마법!"

백종화와 안지혜, 두 사람은 어느새 캐스팅을 마친 공격 마법을 발동시켰다.

"솟아나라!"

"터져라!"

리치가 밟고 있던 땅이 날카롭게 솟아났고, 리치의 뼈가 붉게 달아올랐다.

그 순간, 리치의 머리에 박혀 있던 패턴이 푸른빛을 발하며 모든 마법을 취소시켰다.

"맙소사……."

"디스펠 패턴……."

안티 메이지 패턴이라고도 불리는 패턴이 배리어를 가진 리치에게 나타난 것이다.

최악의 상황.

그때 뿌리박은 나무처럼 굳게 선 리치가 이번에는 두 개의 화염구를 쏟아냈다.

화염구는 자아를 가진 생물처럼 두 메이지에게로 날아갔다.

사색이 된 두 사람과 화염구 사이로 윤태수와 김민희가 달려들었다.

김민희는 방패를 든 채 화염구를 맞았고, 윤태수는 감쇄를 발동시키며 화염구를 막아냈다.

쾅! 쾅!

털썩.

김민희는 방패째로 화염에 휩싸이며 바닥을 굴렀다.

윤태수는 감쇄가 제대로 먹혀들었는지 별 타격이 없는 모습으로 신혁돈을 바라보았다.

그 순간 신혁돈이 불의 벗의 효과인 중급 치유를 발동시켜 김민희를 회복시켰다.

그리고 나선 말했다.

"김민희. 윤태수."

"예!"

김민희와 윤태수가 대답과 동시에 신혁돈의 옆으로 달려왔다.

"공격이 새면, 뒷사람이 죽는다."

나머지 사람들이 받아낼 수 있을 만한 데미지가 아니었다.

"민희는 몸으로 받고, 태수는 감쇄로 데미지를 줄인다."

"예."

두 사람이 대답하자 신혁돈이 말을 이었다.

"너희는 무조건 서포팅. 시선은 내가 끈다. 종화, 너는 어떻게든 배리어 디스펠에 성공시켜라."

이름을 불린 백종화가 침을 꿀꺽 삼켰다.

말을 마친 신혁돈이 다른 모든 몬스터 폼을 포기한 채 오로지 아르마딜로 리자드의 몬스터 폼을 발동시켰다.

곧 바위가 온몸에서 자라난 모습이 된 신혁돈이 다시 한 번 리치에게로 달려들었다.

"쿠어!"

육중한 몸집을 무시할 순 없었던지 리치가 신혁돈을 향해 화염구를 쏘았다.

'버틸 수 있다.'

모든 어그로가 신혁돈에게 쏠리자 백종화는 눈을 감고 집중하기 시작했다. 그 모습을 본 안지혜가 한 발 앞으로 나섰다.

그리곤 김민희에게로 화염구가 쏘아진 순간.

"일어나라!"

바닥의 벽을 일으켜 화염구를 막아냈다. 모든 피해를 막아줄 순 없었지만 윤태수의 감쇄와 합쳐지자 김민희가 버틸 정도가 되었다.

"버틸 수 있어요!"

김민희가 소리친 순간.

"디스펠!"

백종화가 소리쳤다.

그 순간.

리치를 감싸고 있던 희끄무레한 배리어가 점멸하며 순간적으로 형체를 잃었다.

그 틈을 놓칠 신혁돈이 아니었다.

신혁돈은 아르마딜로 리자드의 육중한 꼬리를 휘둘러 리치의 머리를 때렸다.

쿠웅!

쾅!

제대로 얻어맞은 리치가 날아가 벽에 틀어박혔다.

"되… 된다! 할 수 있습니다!"

아무것도 할 수 없어 눈치만 보고 있던 고준영이 소리쳤다.

벽에 틀어박힌 리치가 몸을 일으켰다.

그러자 전보다 더욱 진한 배리어가 리치의 몸을 감쌌다.

리치는 화가 난 듯 뼈밖에 남지 않은 몸을 부들부들 떨며 수없이 많은 화염구를 소환해냈다.

하지만 파훼법을 찾은 이상, 이제는 사냥감일 뿐이었다.

자신감을 얻은 신혁돈이 괴물의 목소리로 말했다.

"다시 간다."

*　　　　*　　　　*

신혁돈의 묵직한 한 방과 동시에 리치의 뼈가 먼지가 되어 사라지며 코어가 떨어졌다. 신혁돈은 지체하지 않고 코어를 입에 넣고 씹었다.

까득.

[죽은 자의 탑. 3층의 수호자 리치를 처치하셨습니다.]

[전 세계 최초의 리치 사냥입니다.]

[8인이 함께 위대한 업적을 이루었습니다!]

[클리어 시 기여도에 따라 위대한 보상이 주어집니다.]

[포식 스킬의 랭크가 올랐습니다.]

[포식 스킬의 랭크 상승으로 스킬 '언데드'의 제약이 풀려 스킬 사용이 가능해집니다.]

수많은 메시지가 떠오르며 마지막 철문이 닫혔다.

끼이익, 쾅!

쇠가 갈리는 기분 나쁜 소리가 천상의 하모니와 같이 감미롭게 들렸다.

철문이 닫힌 것을 확인한 신혁돈이 말했다.

"끝이군."

"···진짜요? 퀘스트 끝난 거예요?"

믿기지 않는 듯 김민희가 되물었고 신혁돈이 계단을 가리키며 대답했다.

"3층 끝이라고. 일단 쉬어라."

김민희는 실망한 얼굴로 그대로 누웠고 바로 잠들었다. 다른 이들 또한 지친 기색이 역력했다.

"쉴 때 쉬더라도 에르그 코어는 흡수하고 쉽시다."

그나마 멀쩡한 떨거지 삼인방이 나머지 사람들을 독려하며 에르그 코어를 챙겼다.

신혁돈은 리치가 남긴 에르그 코어를 향해 다가가 손을 뻗었다.

그러자 에르그 코어가 형체를 갖추며 아이템이 되었다.

영혼의 벗 [Set]

—영혼에 직접 가해지는 데미지를 낮은 폭으로 감소시킵니다.

—영혼에 직접 가하는 데미지를 낮은 폭으로 증가시킵니다.

—'영혼 강타' 스킬을 사용할 수 있습니다.

—'영혼 강타'

지정한 대상의 영혼의 직접적인 타격(시전자 공격력의 10%)을 입힙니다.

신혁돈의 입가에 미소가 번졌다.

모두의 벗 세트 아이템.

게다가 영혼 강타라는 스킬이 새로 생겼다.

방금과 같이 물리 공격이 통하지 않는 상대에게 아주 유용한 스킬이다.

'영혼에 직접적인 타격이라…….'

설명만으로는 한 번에 이해가 되지 않았다.

'다음 층에서 써봐야겠군.'

회색으로 반짝이는 영혼의 벗을 착용한 신혁돈은 포식을 살폈다.

포식 [Rank B, Unique, Active]

—괴물을 섭취해 체내에 쌓인 지방을 태워 에르그 에너지로 만든다.

—괴물을 섭취함으로써 괴물이 가진 능력을 흡수할 수 있다.

—괴물의 숨겨진 능력과 본능을 흡수할 수 있다.

―육체를 갖지 않은 괴물의 능력 또한 흡수가 가능하다.

포식 스킬이 B 랭크로 오르며 마지막 줄이 추가되었다.

즉, 언데드나 망령 같이 고정된 육체가 없는 괴물들의 능력 또한 섭취가 가능해졌다는 뜻.

[언데드]
―섭취한 언데드의 능력을 사용할 수 있다.
―사용 가능한 능력 없음
―분배 가능 포인트 : 481

포식 스킬의 랭크가 올라간 뒤에 언데드 스킬이 열린지라 지금까지 섭취한 언데드들은 포인트로만 전환되고, 능력은 언지 못한 모양이었다.

하지만 만족스러웠다.

만약 리치의 스킬을 하나라도 흡수할 수 있다면?

신혁돈은 무적이 될 수 있다.

힘겹게 이긴 만큼 얻은 게 많았다.

신혁돈이 아이템과 스킬을 살피는 사이 다른 이들은 모든 에르그 코어를 흡수하고서는 자리를 만들어 쉬고 있었다.

신혁돈과 눈이 마주친 윤태수가 물었다.

"무슨 아이템 입니까?"

"내꺼."

"…아니, 누가 형님 물건 탐내기라도 한답니까? 무슨 아이템인지 궁금해서 그러지 말입니다."

"다음 층에서 보여주마."

"오, 액티브 아이템입니까? 축하드립니다."

윤태수는 자신의 일인낭 기뻐한 뒤 그대로 뒤로 누웠다.

"그나저나 다음 층에서도 이러면… 좀 힘들 거 같습니다."

"좀? 난 죽겠는데."

벽에 기댄 채 눈을 감고 있던 백종화가 윤태수의 말을 받았다.

"저도 죽겠어요."

이런 격렬한 전투를 해본 적 없는 안지혜가 피곤한 지 눈두덩이를 문지르며 말했다.

"그래, 일단 쉬어라."

신혁돈의 말과 함께 하나둘씩 코를 골며 쓰러졌다.

모두가 잠에 든 것을 본 신혁돈 또한 눈을 감았다.

*   *   *

다음 층에 오른 신혁돈이 거대한 철문을 열었다.

문에 틈이 생긴 순간 환한 빛이 신혁돈의 눈을 찔렀고, 신혁돈은 눈을 가리며 나머지 문을 열었다.

"…옥상이 있을 거라곤 생각 못했는데."

신혁돈의 뒤에 있던 윤태수가 감상평을 뱉었다.

그의 말대로 문 밖은 탑의 꼭대기였다.

보랏빛 운무가 만져질 듯 가깝게 느껴졌고 일행이 통과했던 성의 정문이 주먹만 하게 보였다.

옥상의 정중앙에는 거대한 차원석이 박혀 있었다.

검은색 차원석은 마치 심장이 뛰듯 박동하며 쉴 새 없이 에르그 에너지를 뿜어댔다.

여덟 명은 주변을 살피며 옥상으로 들어섰다.

지금까지 지긋지긋하게 언데드를 뱉어대던 철문의 모습이 어디에도 보이지 않았다.

"설마… 끝인가?"

윤태수가 들뜬 목소리로 차원석을 향해 걸어갔다.

모두가 서서히 안심을 하고 있는 사이 신혁돈은 긴장의 끈을 놓지 않고 주변을 살폈다.

의심이 확신이 되어갈 무렵 고준영이 차원석을 향해 걸어갔다.

그때 신혁돈의 시선이 바닥으로 향했고, 일정한 패턴을 발견했다.

"마법진……!"

고준영의 발이 마법진을 통과하기 직전, 신혁돈이 고준영의 어깨를 낚아챘다.

그 순간.

쩌어엉!

옥상 바닥에 있던 마법진이 굉음을 토하며 발동되었고, 고
준영은 기겁을 하며 뒷걸음질 치다 엉덩방아를 찧었다.

마법진의 위로 수 미터 높이의 검은 불꽃이 피어올랐다. 검
은 불꽃은 차원석을 감싼 채 활활 타올랐고, 일행은 뒤로 물
러서 불꽃이 날리는 것을 바라보았다.

이내 불길이 그쳤을 때.

"어서 오십시오."

차원석이 일행에게 말을 걸었다.

일행이 자신의 귀를 의심하며 차원석을 바라보았고 이내 차
원석 위에 앉아 있는 사내를 발견할 수 있었다.

＊　　　　　＊　　　　　＊

어둠이 내린 레드 홀의 주차장.

"팀장님."

"어?"

자신을 부르는 소리에 이남정이 눈을 떴다.

"깜빡 졸았네."

이남정이 눈을 비비곤 기지개를 펴려는데 후임이 손가락으
로 저 앞을 가리켰다. 이남정은 눈을 비비던 것을 멈추고서는

앞을 보았다.

"몇 대야?"

"셋… 넷… 다섯 대입니다."

불이 꺼진 주차장으로 5대의 차량이 들어왔다.

주차장으로 들어오는 차들을 힐끗 바라 본 이남정이 시계를 바라보았다.

시간은 오전 3시.

각성자들이 차원문에 들어가는 시간이 정해져 있는 것은 아니었으나 보통의 각성자들은 새벽 3시에 차원문에 들어가지 않는다.

다섯 대의 차량에서 사람들이 내려 주차장의 한구석에 모였다.

그리고 얼마 지나지 않아 신혁돈이 들어간 차원에 다녀왔던 두 명의 사내들이 차에서 내려 그들에게 합류했다.

"수상한데……."

"굉장히 수상한 냄새가 나지 말입니다."

거의 스물에 가까운 사람들이 모였다. 그들을 바라보던 이남정이 후임에게 물었다.

"전에 시켰던 거, 저 대포차 번호판 조회 어떻게 됐냐?"

"결과 나오면 연락 준다 했습니다."

"아직 안 나왔다?"

"예."

이남정이 쯧하고 혀를 찼다.

"조사과 새끼들 빠져가지고……."

"조사과장님이 여기 계셨어야 하는데, 아쉽습니다."

"아서라."

후임과 이남정이 대화를 나누는 사이 스무 명에 가까운 사람들이 신혁돈이 들어간 차원문을 향해 이동했다.

개중 두 명은 다시 차에 탑승해 주차장에 남았다.

"아무리 봐도 각성자들이지?"

"예, 무기들이 번쩍거리지 말입니다."

이남정은 침을 꿀꺽 삼키며 말했다.

"설마… 난입인가?"

"저 정도 머릿수면 신혁돈 패거리 다 죽이겠다는 거 아닙니까?"

"그렇겠지……."

이남정이 머리를 벅벅 긁었다.

"저거 어떻게 합니까?"

이남정이 고민을 하는 사이 십 수 명의 사람들이 신혁돈 일행이 들어간 차원문으로 들어갔다.

"각성자 분쟁 규정 교범에 따라서 우리가 제지할 수 있지."

"제지하다가 우리까지 쓱싹 당할 것 같은데 말입니다."

이남정이 핸드폰을 들며 말했다.

"지원 부르면 되지. 사건과 놈들 이럴 때 아니면 언제 밥값

하겠어?"

후임이 고개를 끄덕이자 이남정이 말을 이었다.

"저놈들 잡아다가 뭐하는 놈들인지, 왜 신혁돈을 노리는지 좀 캐보면 뭣 좀 나올 거 같은데."

"괜찮은 것 같습니다. 이번 기회에 신혁돈한테 빚도 좀 지우고."

"그렇지. 얘기할 명분도 좀 만들고, 사건 조사차 이것저것 물어볼 수도 있을 테고 말이지."

"시나리오 아름답습니다."

이남정이 핸드폰으로 사건과 대응팀을 부르는 사이 후임의 핸드폰이 울렸다. 후임은 전화를 받으며 노트북을 두들겼고 곧 이남정이 전화를 끊자 말했다.

"저 차 있잖습니까."

"어, 결과 나왔냐?"

"TG 그룹이랍니다."

이남정의 고개가 모로 꺾였다.

"그게 어딘데?"

"일본계 기업인데, 우리나라의 삼성이나 LG 정도로 생각하시면 됩니다."

이남정이 천천히 고개를 끄덕이다 물었다.

"그런데?"

"텐구 아십니까?"

"알지. 걔네도 일본 각성자 길드 아니냐."

"예, TG가 텐구의 자금줄입니다."

이남정의 미간이 구겨졌다.

"즉 텐구가 신혁돈을 노린다?"

"그런 것 같지 말입니다……."

"걔네가 왜?"

후임은 어깨를 한 번 으쓱인 뒤 주차되어 있는 차에 타고 있는 두 명을 가리켰다.

"대응팀 오기 전에 쟤네부터 조져보지 말입니다. 그럼 뭐라도 나오지 않겠습니까?"

"그거 좋은 생각이네."

고개를 끄덕인 이남정이 차에서 내리자 후임이 그의 뒤를 따라 차에서 내렸다.

*　　　　*　　　　*

신혁돈의 시선이 차원석 위에 앉아 있는 사내를 훑었다.

목소리가 남성적이라 사내라 생각했지만, 남자라, 아니, 사람이라 할 수 있는 외모가 아니었다.

입고 있는 가죽 갑옷은 검은 불길에 휩싸여 계속해서 타오르고 있었고, 머리가 있어야 할 부분은 텅 비어 있었다.

대신 오른손 위에 들린 머리가 신혁돈 일행을 바라보고 있었다.

시체만큼 창백한 피부와 붉은 눈, 툭 튀어나온 송곳니가 인상적인 머리가 다시 한 번 말을 했다.

"살아 있는 인간은 오랜만에 보는군요."

"마, 말했어!"

고준영이 자신의 머리를 들고 있는 괴물을 손가락질하며 소리쳤다.

모두가 충격에 빠져 있는 사이, 이런 상황에서도 놀란 기색 없는 신혁돈이 말했다.

"듀라한인가?"

오른손의 들린 머리가 흥미롭다는 표정을 지으며 말했다.

"오, 아시는군요. 예, 듀라한이자 아이가투스님의 다섯 번째 차원을 지키고 있는 차원지기, 몰렌트 이스트우드입니다."

듀라한은 중세 귀족들이나 할법한 예를 차리며 인사했다.

신혁돈은 고개를 끄덕여 듀라한의 인사를 받은 뒤 물었다.

"어떻게 인간의 말을 하는 거지?"

듀라한은 자신의 몸을 가리키며 말했다.

"보시다시피 원래 인간이었습니다. 어떻게 인간의 말을 하느냐보다는 어떻게 당신네 말을 할 수 있느냐 묻는 게 맞지 않겠습니까?"

신혁돈은 그의 말에 동의하며 고개를 끄덕였다.

"그렇군, 한국어는 어떻게 하는 거지?"

듀라한은 자신의 머리를 옆구리에 끼고선 차원석 위에서 뛰어 내렸다.

"지구의 말 중에 이런 말이 있더군요. 지피지기 백전불태. 그 말에 감명 받아 배웠습니다."

듀라한의 대답을 들은 신혁돈의 미간이 찌푸려졌다.

괴물이 지피지기 백전불태라는 말을 안다?

즉 누군가에게 들었다는 뜻이 되고, 한국어를 가르쳐준 누군가도 존재한다는 뜻이었다.

"인간 중에 너희에게 지식을 전수해 주는 사람이 있다는 소린가?"

신혁돈의 말에 듀라한이 어색한 웃음을 흘렸다.

"오, 날카로우십니다. 오랜만에 대화를 나눌 상대를 만나다 보니 제가 좀 흥분한 모양입니다."

말을 마친 듀라한의 몸에서 검은 불길이 솟아올랐다.

"다른 상황에 만났으면 더 많은 대화를 할 수 있었겠지만 저는 당신들을 막는 게 목표입니다. 당신들의 목표는 저를 처치하고 더 높은 시련으로 올라가는 것이니 대화는 여기까지 하죠."

그 순간.

인간의 모습을 하고 있던 듀라한의 피부가 불타 사라졌다.

그의 손에 들려 있던 머리 또한 검은 불길에 휩싸여 피부가 사라졌고, 눈에서는 붉은 안광이 줄줄 흘러나오고 있었다.

새하얀 뼈를 드러낸 듀라한이 신혁돈 일행을 향해 걸어오기 시작했다.

하지만 신혁돈은 움직이지 않고 서 있었다.

머릿속이 복잡하다.

'인간 중 마신을 돕는 이가 있다?'

생각도 해본 적 없는 논제였다.

'어째서?'

인류를 멸망시키기 위해 차원문을 열고 괴물을 보내는 마신에게 협력한다니.

아무 이유 없이 세상을 멸망시키기 위한 흑마법사 집단은 판타지 소설에나 나오는 이들이다.

마신을 도울 정도면 어느 정도 힘을 가지고 있다는 것이고, 그 힘을 잃고 싶지 않기에 마신을 돕는 것이 분명했다.

그게 자신이 되었든, 누가 되었든 이익이 발생하지 않는다면 마신과 협력할리 없다.

'그렇다면 마신이 지구를 침공하는 데 있어 이익을 볼 수 있는 사람이 있다는 것인가?'

신혁돈이 고개를 저었다.

"도대체 왜?"

어느새 신혁돈의 코앞까지 다가온 듀라한이 신혁돈의 혼잣말에 답했다.

"그야 모르지요."

그 순간.

듀라한이 검은 화염에 휩싸인 주먹을 휘둘렀다.

신혁돈은 뒤로 물러서며 듀라한의 공격을 피했으나 듀라한의 몸에서 타오르는 검은 불길이 길게 늘어나 신혁돈의 가슴을 노렸다.

"감쇄!"

"일어나라!"

그때 윤태수가 신혁돈의 옆으로 뛰어나오며 감쇄를 발동시켰고, 안지혜가 벽을 일으켜 신혁돈과 듀라한 사이를 벌려 놓았다.

"형님!"

그제야 정신을 차린 신혁돈이 몬스터 폼을 발동시키며 말했다.

"대화가 필요할 것 같군."

순식간에 괴물의 모습을 한 신혁돈이 벽을 뛰어 넘으며 듀라한을 향해 달려들었다.

신혁돈과 듀라한의 전투가 시작되었다.

한 손에 머리를 든 듀라한은 자신의 머리를 무기로, 또 방패로 사용하며 신혁돈을 괴롭혔다.

거리가 벌어졌다 싶으면 검은 불길을 쏘아댔고, 거리가 가까워지면 몸의 불길을 거세게 피워 올려 거리를 벌렸다.

"쿠어어!"

신혁돈은 불의 벗에 붙어 있는 화염 저항으로 인해 심한 화상을 입진 않았지만 계속해서 피부가 그을리고 있었다.

게다가 아무런 공격이 통하지 않았다.

신혁돈의 날카로운 손톱이 뼈를 부수고 틀어박혀도, 커다란 주먹이 머리를 후려쳐도 듀라한은 꿈쩍도 하지 않았다.

뼈는 금방 붙어버렸고, 머리는 흠집조차 나지 않는다.

'방법… 방법을 찾아야 한다.'

신혁돈이 듀라한의 가슴팍을 발로 찬 순간, 듀라한은 자신의 머리를 철퇴처럼 이용해 신혁돈을 후려쳤다.

쿵!

불길에 휩싸인 머리에 가슴팍을 얻어맞은 신혁돈이 뒤로 나동그라졌다.

"하하!"

듀라한은 전투 자체가 즐거운지 전투 내내 기분 나쁜 웃음소리를 흘리고 있었다. 듀라한이 다시 한 번 웃음을 터뜨리며 신혁돈을 마무리 지으려는 순간.

"감쇄!"

"멈춰라!"

"일어나라!"

윤태수의 증폭과 감쇄, 백종화와 안지혜의 지원사격이 이어졌다.

그리고 듀라한의 움직임이 느려진 순간.

순식간에 달려 나온 윤태수가 듀라한을 향해 양손을 뻗었다.

그의 손에는 아차람의 구슬이 들려 있었다.

번쩍!

아차람의 구슬이 폭발하며 화염을 흩뿌렸다.

쾅!

윤태수는 멈추지 않고 몸에 달고 있던 모든 아차람의 구슬을 터뜨렸다.

가지고 있는 모든 에르그 에너지를 소모한 윤태수가 김민희의 방패 뒤로 물러섰다.

붉은 화염과 검은 화염이 옥상 전체를 뒤덮고 있었다.

"끝인가……?"

김민희의 말이 끝나기도 전에 화염이 갈라지며 새하얀 뼈다귀가 자신의 머리를 든 채 모습을 드러냈다.

"즐겁네요."

목소리가 아닌 기괴한 소리가 일행들의 귀에 틀어박혔다. 마치 영혼이 직접 속삭이는 듯했다.

'영혼……!'

몸을 일으킨 신혁돈이 듀라한을 바라보았다.

"…죽은 자의 목을 베어라."

"예?"

"목표."

듀라한을 죽일 수 없다.

뼈를 부수어도 다시 붙고 머리는 부서지지 않는다.

게다가 듀라한은 벨 수 있는 목이 없다.

그렇다는 것은 숨겨진 무언가가 있다는 것.

신혁돈이 눈이 듀라한의 몸을 훑었다.

그때, 신혁돈의 감각이 이상한 것을 발견했다.

'에르그 에너지가 이어져 있다.'

듀라한의 잘린 목에서부터 손에 들린 머리까지 에르그 에너지가 이어져 있는 것을 발견한 것이다.

마치 긴 목과 같았다.

"목을… 베어라."

신혁돈은 무언가에 홀린 사람처럼 아르마딜로 리자드의 폼을 해제했다.

"형님?"

그리곤 한결 빨라진 몸놀림으로 듀라한을 향해 달려들었다.

"하하하!"

듀라한은 다시 싸울 수 있어 신난다는 듯 웃음을 흘렸고, 신혁돈은 피부가 타들어가는 고통에도 기회를 보며 한 방을 노렸다.

듀라한이 신혁돈을 후려치기 위해 머리를 높이 들어올렸다.

그때 신혁돈이 모든 에르그 에너지를 손끝에 모았고, 잘린 목과 손에 들린 머리를 잇고 있는 에르그 에너지를 끊었다.

"허업!"

숨을 들이키는 것 같은 소리와 함께 듀라한의 몸을 감싸고 있던 검은 불길이 사그라들었다.

그와 동시에 듀라한이 자신의 머리를 목 위에 얹으려 했다.

그 짓을 가만히 보고 있을 신혁돈이 아니었다.

신혁돈은 듀라한의 머리를 걷어차 버렸고, 듀라한은 황망한 표정으로 자신의 머리를 놓친 몸을 바라보았다.

신혁돈은 듀라한의 머리를 한손으로 들며 말했다.

"대화 좀 하지."

신혁돈의 말에도 듀라한의 머리는 입만 뻥긋거릴 뿐 아무런 소리를 내지 못했다. 신혁돈이 미간을 찌푸린 순간.

듀라한의 눈에서 넘실거리던 붉은 안광이 꺼져 버렸다.

"···죽은 건가?"

신혁돈이 머리를 쥔 손에 힘을 줘보았다. 그러자 강철과도 같던 두개골이 힘없이 부서지며 새카만 코어가 등장했다.

신혁돈은 혀를 차고서는 코어를 입에 넣고 씹었다.

[다섯 번째 차원지기 듀라한 몰렌트 이스트우드를 처치하셨습니다!]

[아이가투스의 다섯 번째 시련을 클리어하셨습니다!]

'인간이… 마신을 돕고 있는 인간이 있다니.'

차원지기가 알고 있으며 문화를 교류할 정도라면 일이 년 사이에 벌어진 일이 아니라는 뜻이었다.

수많은 메시지가 떠올랐지만 신혁돈은 메시지가 아닌 듀라한의 두개골을 바라보고 있을 뿐이었다.

제3장
날개를 펴다

"저기요."

이남정이 차창을 두들기자 운전석에 앉아 있던 짝눈이 창문을 내리고 물었다.

"뭡니까?"

이남정은 관리국 사건과 팀장 신분증을 꺼내 보여주며 말했다.

"잠깐 얘기 좀 합시다."

관리국 신분증을 본 짝눈과 주걱턱이 눈빛을 교환했다. 이남정과 후임이 긴장하며 에르그 에너지를 끌어올렸다.

곧 짝눈이 고개를 끄덕였고, 두 사내가 차에서 내려 보닛

앞에 섰다.

"무슨 일이십니까?"

이남정이 긴장을 늦추지 않은 채 말했다.

"신분증 좀 볼 수 있겠습니까?"

가만히 있던 주걱턱이 눈을 흘기며 되물었다.

"무슨 일인지 알아야겠는데요."

어눌한 한국어.

얼굴만 보고서는 알 수 없었으나 억양을 듣고 확신할 수 있었다.

'일본인이군.'

텐구의 일원이 확실했다.

"차원문 난입 신고가 들어와서 말입니다. 신고에 따르면 두 분께서 레드 홀 난입과 관련이 있다고 해서……"

이남정의 말이 끝나기도 전에 주걱턱이 한 걸음 앞으로 나서며 기세를 흘렸다.

"관련 없습니다."

후임은 주걱턱의 기세에도 눌린 기색 없이 말했다.

"그건 그쪽이 판단하는 게 아니라 우리가 판단하는 거구요, 일단 신분증 좀 봅시다."

불법 체류자 혹은 뻘 짓을 하러 온 것이 아니라면 신분증을 보여주지 못할 이유가 없다.

주걱턱과 짝눈이 시선을 교환하더니 주차장의 CCTV가 있는 구석을 살폈다. 이남정의 시선이 그들을 따라 CCTV로 향한 순간.

주걱턱의 손이 이남정의 목을 노리고 쏘아졌다.

턱!

"어허."

어느새 주걱턱의 손을 낚아챈 후임이 주걱턱의 정강이를 걷어찼다.

퍽!

기습이 막히고 불의의 일격까지 당한 주걱턱이 균형을 잃고 쓰러지자 짝눈이 허리춤에 차고 있던 두 자루의 단도를 뽑아들었다.

"관리국 요원 상해는 굉장히 큰 죄입니다. 게다가 가해자가 각성자인데다가 외국인이라면 말할 것도 없고… 지금이라도 멈춘다면 봐드리죠."

이남정의 말에도 짝눈은 거리낄 것 없다는 듯 두 자루의 단검을 휘둘러 후임과 거리를 벌렸다.

"어우, 쪽바리 새끼들."

후임이 뒤로 훅 물러서며 양팔을 다리 넓이로 벌렸다. 그러자 그의 양손이 푸른색으로 물들었다.

그 모습을 본 이남정이 혀를 차며 말했다.

"그것도 인종비하 발언이다. 관리국 직원이라는 놈이 그러면 안 되지."

"쪽바리 새끼들을 쪽바리라 부르지, 그럼 뭐라 부릅니까?"

"일본인."

"예예, 선비님. 저는 태생이 상놈이라 모르겠습니다."

후임은 이남정이 미간을 구기는 것을 본 체도 하지 않고 두 자루의 단검을 든 짝눈에게 달려들었다.

후임의 푸른 손과 단검이 허공에서 부딪히며 불똥을 튀겼다.

맨손과 검날이 부딪히고 있음에도 단검의 날이 서서히 망가지고 있었다.

"팔십사!"

짝눈의 외침에 정강이를 얻어맞고 끙끙거리던 주걱턱이 일어섰다. 그리곤 차문을 열더니 자기 키만 한 일본도를 꺼내들었다.

"얼씨구, 그거 허가는 받은 무기입니까?"

주걱턱은 대답 없이 긴 일본도를 휘두르며 후임에게로 달려들었다.

무시당한 이남정은 다시 한 번 혀를 차고서는 말했다.

"하나씩 맡지. 내가 짝눈."

"그럼 제가 주걱턱 맡겠습니다."

본격적인 전투가 시작되었다.

후임은 파랗다 못해 심해의 그것과도 같은 색의 손을 휘두르며 주걱턱과 맞섰고, 이남정은 주머니에서 두 개의 너클을 꺼내 주먹에 착용했다.

이남정이 착용한 너클은 일반적인 호신용 너클이 아닌 괴물을 때려잡을 수 있도록 뾰족한 징이 붙어 있는 너클이었다.

짝눈과 몇 번 무기를 맞부딪혀 본 이남정의 표정이 굳었다.

'강하다.'

지진 않겠지만 이길 수 없는 상대다.

'적어도 3등급 후반.'

후임 또한 마찬가지인 상태.

팔십사라 불린 사내의 일본도는 긴 리치에도 불구하고 두 주먹을 쓰는 후임에게 딱 붙어 서서 압박하고 있었다.

하지만 이남정은 당황하지 않고 천천히 상대의 수를 받아냈다.

'어차피 시간은 내 편이다.'

사건과 대응팀이 올 때까지만 시간을 끌면 된다.

이남정의 생각은 적중했다.

얼마 지나지 않아 달이 뜬 주차장으로 다섯 대의 승합차가 들이닥쳤다.

지원 병력을 본 순간, 두 자루의 단검을 들고 있던 짝눈이 자신의 심장과 목에 단검을 박아넣었다.

"이런 미친!"

그 모습을 본 이남정이 재빨리 주걱턱에게로 달려갔다.

주걱턱 또한 일본도를 던지고 허리춤에 차고 있던 단검을 뽑아 자신의 목을 찌르려 했으나 이남정과 후임의 손이 더 빨랐다.

탁!

챙그랑!

후임이 주걱턱에 손에 들려 있던 단검을 발로 차 버렸고 이남정은 자신의 팔뚝을 주걱턱에 입에 물렸다.

혀를 씹어 자살하는 것을 막은 것이다.

"읍읍!"

주걱턱이 무어라 소리치며 이남정의 팔을 깨물었지만 패딩에 싸여 있는지라 그렇게 아프진 않았다.

"거, 새끼, 시끄럽네… 야, 대응팀! 재갈 있냐?"

이남정의 말에 대응팀에서 곰 같은 덩치를 한 사내가 걸어나오며 밧줄을 던져 주었다.

"대응팀에 네 후임만 있는 줄 알아?"

"여, 서 팀장님. 오랜만입니다. 살이 더 찌셨네."

"오랜만은 얼어 뒤질. 네놈 얼굴 좀 안 보고 사니까 살 만했는데 또 무슨 일이야?"

이남정은 낄낄 웃으며 후임에게 밧줄을 건넸다.

후임이 주걱턱의 입에 재갈을 물리고 손발을 묶는 사이 이남정은 팔에 묻은 주걱턱의 침을 후임의 옷에 닦은 뒤 말했다.

"보고받으셨지 않습니까? 일본의 텐구라는 놈들이 우리나

라의 소중한 각성자님들을 노리고 있답니다. 차원문 난입까지
하면서."

사각턱에 짧은 머리를 한 서 팀장은 관자놀이를 긁고선 말
했다.

"근데 안 들어가고 뭐하나?"

"서 팀장님 기다렸죠. 그럼 가시죠."

자신의 패딩에 묻은 침을 차에 슥슥 문질러 닦은 후임이 이
남정과 서 팀장의 뒤를 따랐다.

✻   ✻   ✻

차원석을 부순 뒤 레드 홀 F등급 차원문으로 나오자 거대
한 숲이 그들을 맞이했다.

"후."

윤태수는 차원문에 들어서자마자 깊게 숨을 들이쉬었다.

독이 가득 담긴 보랏빛 공기가 아닌 맑은 공기를 들이키자
폐가 정화되는 느낌이 들었다.

몇 번 숨을 들이쉰 백종화가 신혁돈에게 물었다.

"다음 시련은 뭡니까?"

"세 개의 문."

"끝입니까?"

신혁돈이 고개를 끄덕이자 백종화가 미간을 구겼다.

"아니, 제목이 있으면 적어도 포스터 정도는 있어야 하는 거 아닙니까? 세 개의 문이 뭐야? 도대체."

옆에서 가만히 듣고 있던 윤태수가 말했다.

"세 개의 문 중 하나를 선택해 들어간다거나… 아니면 세 개의 문을 통과해야 한다거나 그런 거 아니겠습니까?"

"둘 다 별로네."

"그러게 말입니다. 일반적인 차원문하고는 아예 궤가 다르니 예상 자체가 불가능합니다."

신혁돈이 제일 앞에서 걸었고, 두 사람이 이야기를 나누면서 신혁돈의 뒤를 따르고 있었다.

그때, 신혁돈이 멈춰서며 말했다.

"피곤한데."

"예?"

"불청객이다."

며칠간 잠도 제대로 못잔 채로 괴물과 목숨을 건 혈투를 벌이고 나온 탓에 일행의 얼굴에는 당혹이나 걱정보다는 짜증이 서렸다.

"사람, 19명. 3등급 중, 후반 능력자."

신혁돈의 말에 백종화가 긴 한숨을 쉬며 말했다.

"아무래도 목표는 우리일 것 같습니다. 레드 홀 F등급 차원문에 3등급 능력자들이 올 리 없으니……."

이들의 대화를 들은 떨거지 삼인방이 앞으로 나섰다.

리치와 듀라한을 처치하며 상대적으로 한 것이 없기에 체력적으로 여유로웠기 때문이다.

일행이 자연스럽게 전투 대형을 갖추고 섰다.

며칠 동안 목숨을 걸고 수백, 수천의 언데드와 전투를 한 것이 몸에 밴 것이다.

대형이 완성되고 얼마 지나지 않아 검은 옷에 검은 복면을 쓴 사내들이 우르르 등장했다.

신혁돈은 그들의 복장을 보자마자 말했다.

"비웅주구. 80번이면 번장이 직접 온 것인가."

비웅주구는 10번마다 장을 둔다. 그리고 그들을 번장이라 부른다. 80번이면 8번째 번장이라는 뜻이었다.

신혁돈이 자신을 바로 알아볼 것이라 생각하지 못한 번장이 되물었다.

"넌… 누구지?"

신혁돈은 대답을 하지 않고 고개를 끄덕였다.

"말한 놈 봤지? 저게 대장이다. 저거 빼고 다 죽여."

살인을 지시하는 목소리에 높낮이조차 없었다.

어차피 자신의 목숨을 노리는 이.

사람을 죽이는 것에 망설이는 이가 있을진 몰라도 자신의 목숨을 노리는 손을 그대로 둘 사람은 없었다.

신혁돈의 말이 끝나기 무섭게 세 떨거지가 19명의 사내를 향해 달려들었다.

마법진으로 강화된 신체와 언데드와의 전투로 엄청난 양의 에르그 코어를 흡수했기에 시련을 통과하기 전보다 수 배는 강해진 이들이었다.

그에 질세라 윤태수 또한 적진으로 뛰어들었고, 김민희는 망설이며 방패를 들었다.

"무너져라!"

안지혜는 의외였다.

물러설 줄 알았던 그녀는 아무런 표정도 짓지 않은 채 마법을 사용해 사람을 공격하고 있었다.

백종화 또한 그녀의 모습에 놀랐는지 멍하니 있다가 안지혜와 눈을 마주치고 나서야 언령을 사용하기 시작했다.

'…사람도 변하는 것인가.'

저번 삶, 안지혜는 저렇게 칼 같은 사람이 아니었다.

그녀가 마법을 사용하는 것을 바라보던 신혁돈은 고개를 돌려 전장을 바라보았다.

수로는 밀리는 상황이었으나 신혁돈 일행의 기세가 워낙 흉흉한지라 전장을 압도하고 있었다.

하지만 곧 체력의 한계가 올 것이었다.

'그전에 끝낸다.'

신혁돈이 걸어가며 몬스터 폼을 발동시켰다.

곧 신혁돈의 피부와 근육이 꿈틀거리며 변하기 시작했다.

전투를 시작한 이들의 시선을 빼앗을 정도로 기이한 광경.

변신을 마쳤을 때 걷고 있던 신혁돈은 어느새 포효를 하며 달리고 있었다.

"콰우우!"

순식간에 달려온 신혁돈이 아르마딜로 리자드의 꼬리로 한 명의 가슴을 후려쳤고, 그와 동시에 멍하니 서 있던 이의 목을 베었다.

순식간에 두 명이 당했다.

"발동하라!"

번장은 갑작스러운 상황에도 당황하지 않고 부하들에게 명령했다.

그와 동시에 부하들의 몸에서 검은 연기가 피어올랐다.

팔십칠이 사용했던 기술.

온몸이 먹구름 비슷한 것으로 변하는 능력이었다.

상대가 물리력을 발휘하기 전에는 피해를 줄 수 없는 능력.

"물러서."

신혁돈의 명령에 전방에 있던 이들이 뒤로 물러섰다.

그러자 신혁돈은 제일 앞에 이를 손가락으로 가리키며 영혼의 벗 효과인 영혼 강타를 발동시켰다.

그 순간, 신혁돈의 에르그 에너지의 10%가 사라졌고,

신혁돈이 가리킨 사내는 먹구름이 된 채로 터져 버렸다.

"……?"

시체도 남지 않은 채, 먹구름 상태로 사라져 버린 것이다.

신혁돈 또한 커진 눈으로 상황을 살폈다.

'설마……!'

신혁돈이 먹구름으로 변한 다른 이를 가리키며 다시 한 번 영혼 강타를 발동시켰다.

펑!

마치 제트기가 지나간 먹구름처럼 가운데가 뻥 뚫린 먹구름이 허공으로 사라졌다.

이번에도 시체는 남기지 못했다.

"해, 해제하라!"

비응주구가 비응주구로서 이름을 날릴 수 있었던 스킬이 말도 안 되는 방법으로 파훼되어 버렸다.

먹구름이 다시 인간으로 돌아오는 와중에 신혁돈은 한 번 더 영혼 강타를 사용했고, 비응주구 한 명을 더 산화시켜 버렸다.

"혀, 형님? 그건 무슨 스킬입니까?"

윤태수가 입을 떡 벌린 채 신혁돈을 바라보았다.

신혁돈이 윤태수를 향해 손가락을 내밀자 윤태수는 기겁을 하며 신혁돈의 손가락을 피했다.

피식 웃음을 흘린 신혁돈은 몰맨의 손톱으로 비응주구를 한 명씩 가리켰고, 그때마다 비응주구들은 파르르 떨었다.

"모르겠는데."

"예?"

"확실한 건 저놈들한테 특효약이라는거지."

말을 마친 신혁돈이 아직까지 멍하니 서 있는 비응주구를 향해 달려들었다.

$$* \qquad * \qquad *$$

"콰우우우!"

땅을 울리는 거대한 포효 소리에 이남정이 발걸음을 멈추고 서 팀장을 바라보았다.

"…여기 레드 홀 F등급 아닙니까?"

서 팀장 또한 인상을 찌푸리며 주변을 둘러보았다.

"맞는데."

"제가 차원문을 잘 안 다니긴 한다지만… 저 포효 소리는 F등급에서 날 만한 소리가 아닌 거 같지 않은데요."

"저도 그렇게 생각합니다만……."

삐이이익!

대응팀과 이남정, 후임이 당황하고 있는 사이 거대한 새가 하늘 높이 솟구쳐 올랐다. 어느 지점까지 오른 괴물 새는 그대로 수직강하하며 불을 뿜으며 나무들 사이로 사라졌다.

"…꿀꺽."

누군가가 침을 삼키는 소리와 함께 이남정이 너클을 착용했다. 그러자 후임이 미간을 긁으며 말했다.

"저거, 어디서 본 새 같은데……."

"뭐?"

"그때 신혁돈, 그 양반이 타고 왔던 새 아닙니까?"

"아니, 그거랑은 달라. 날개도 한 쌍 더 있고… 그건 저것보다 훨씬 작았다고."

이남정이 단호히 말했지만 후임은 여전히 아리송한 표정을 짓고 있었다. 두 사람의 대화를 바라보던 서 팀장이 안색을 굳힌 채 말했다.

"일단 가자."

*   *   *

이남정은 자신의 눈을 의심했다.

정체를 알 수 없는 괴물이 비응주구 사이를 날뛰고 있었다. 거대한 꼬리를 휘두를 때마다 엄청난 파공성과 함께 얻어맞은 사람이 하늘을 날았다.

날카로운 손톱은 검과 사람을 한 번에 동강냈으며, 공격을 막은 이들은 주먹으로 내려쳐 곤죽을 만들어 버렸다.

"맙소사……."

전투라고 부르기조차 민망한 학살이 벌어지고 있었다.

이남정이 망설이는 사이 서 팀장이 달려 나가며 소리쳤다.

"괴물을 막아!"

각성자의 뒤를 습격하기 위해 난입한 사람들이라지만 괴물의 손에 학살당하는 것을 보고만 있을 순 없기 때문이었다.

서 팀장이 괴물에게 달려든 순간.

"빠져라."

괴물이 말했다.

서 팀장은 뽑아든 검을 휘두를 생각조차 하지 못하고 되물었다.

"…말을 해?"

괴물은 그르렁거리는 소리와 함께 다시 한 번 말했다.

"꺼져라."

말을 마친 괴물은 다른 텐구를 잡아 죽이기 위해 움직였고 멍하니 있는 서 팀장의 뒤로 대응팀원들이 달려오며 물었다.

"어떻게 합니까?"

서 팀장은 괴물에게서 눈을 떼고 뒤에 서 있는 이들을 바라보았다.

두 명의 여자와 다섯 남자.

그때 한 남자가 서 팀장 쪽으로 다가오며 말했다.

"서계수 팀장님?"

"예?"

"상황은 좀 그렇습니다만, 반갑습니다. 패러독스 길드 소속 윤태수라 합니다."

"…절 아십니까?"

"예, 관리국 사건과 대응팀 팀장님 아니십니까?"

사건과 대응팀은 유명한 팀이 아니다.

그런데 얼굴만 보고서 팀과 직책, 거기다 이름을 안다니?

'뭐야, 이 인간.'

윤태수는 손에 묻은 피를 옷에 문질러 닦은 뒤 서계수에게 악수를 건넸다.

저편에서는 괴물 두 마리가 날뛰며 사람을 죽이고 있는데 여기선 악수를 건넨다. 순간 멍해진 서계수가 반응이 없자 윤태수가 말했다.

"아, 저 땅에 있는 괴물은 사람이고, 하늘을 나는 괴물은 저 사람의 펫입니다. 사람은 안 해치니까 걱정 안 하셔도 되고, 저쪽에 이남정 팀장이 알고 있을 겁니다."

윤태수가 상황 파악을 하지 못하고 두리번거리고 있는 이남정을 가리키자 서계수가 이남정을 불렀다.

"이남정 팀장!"

"예."

이남정이 오자 윤태수가 말을 꺼냈다.

"신혁돈 씨, 아시죠? 그분이 등록한 펫이랑."

이남정이 천천히 고개를 끄덕이자 윤태수가 말을 이었다.

"저기 괴물이 신혁돈 씨고, 저게 육눈수리입니다."

상황 설명을 마친 윤태수는 서계수와 이남정이 이해를 할 때까지 기다렸다. 곧 이남정이 고개를 끄덕이자 윤태수가 물었다.

"그런데 여긴 어쩐 일이십니까?"

이남정은 빠르게 눈을 굴렸고, 곧 상황을 파악했다.

'난입 실패군.'

상대의 전력을 제대로 알지 못한 채 덤볐고, 결국 역으로 당한 모양이었다. 신혁돈의 활약으로 전투는 끝나가고 있었다.

남은 인원은 둘이었으나 둘 모두 신혁돈의 상대가 될 것으로 보이진 않았다.

시선을 돌려 윤태수를 바라본 이남정이 입을 열었다.

"저… 검은 옷을 입은 집단이 레드 홀 F등급에 난입하려 한다는 제보가 들어와서 막으려 왔습니다."

윤태수가 눈을 흘기며 물었다.

"제보요? 누가요?"

바로 말을 하려던 이남정의 말문이 막혔다.

'당신네들 감시하다가 떡고물 떨어질 거 같아서 들어왔다……'

이렇게 말할 순 없다.

그렇다고 거짓말을 해서 넘기기엔 사건이 커지고 있었다.

한국인 각성자가 죽어도 큰일인데 외국, 그것도 사이가 좋지 않은 일본의 각성자가 한국의 각성자들을 습격하려다 20명에 가까운 수가 죽은 사건이다.

이남정이 망설이자 윤태수는 서 팀장을 바라보았다.

서 팀장은 윤태수의 눈을 피하며 이남정을 보았고 결국 이남정은 이실직고 했다.

"…제가 제보잡니다."

그 한마디에 얼추 상황 파악을 한 윤태수가 고개를 끄덕인 뒤 물었다.

"지나가다 보신 겁니까?"

그랬을 리가 없다.

분명 신혁돈과 관련된 어떤 일을 하다가 우연히 보았을 것이고 혹시 모를 상황에 대비해 대응팀을 꾸려 온 것이겠지.

하지만 윤태수 또한 이남정과 척을 질 생각이 없었기에 그에게 유리한 방향으로 말해준 것이었다.

그걸 아는 이남정이 동아줄을 잡은 표정으로 고개를 끄덕였다.

"예, 그래서 대응팀에 신고를 했고, 이렇게 들어오게 되었습니다만… 저희가 출동할 필요가 없을 것 같습니다."

"아뇨, 만약 관리국에서 발견하지 못했다면 저희가 습격당했다는 걸 증명하기 힘들었을 겁니다."

이남정이 슬쩍 미소를 지었다.

윤태수라 했던가? 이 남자 머리가 돌아가는 속도가 비상하다.

말 몇 마디로 남의 잘못을 묻어주며 띄워주기까지 하고, 자신들을 변호하게 만들 수밖에 없는 덫까지 쳐놓는다.

"콰우우!"

어느새 남은 두 명까지 처리한 신혁돈이 거세게 포효한 뒤 인간의 모습으로 돌아오고 있었다.

신혁돈의 포효로 전투가 끝난 것을 깨달은 도시락 또한 신혁돈의 곁으로 내려와 조그만 모습으로 돌아왔다.

"그런데 신혁돈 씨는 원래… 저런 분입니까?"

"음… 저도 잘 모르겠습니다."

세 사람이 이야기를 나누는 사이 인간으로 돌아온 신혁돈이 번장에게로 걸어갔다.

자살을 할 수 없도록 양팔을 자르고 입에는 나뭇가지를 물려 놓았다.

심지어 잘린 상처는 그대로 치료를 해버렸기에 화타가 살아 돌아온다 한들 팔을 붙일 순 없다.

신혁돈은 번장의 입에 끼워져 있는 나뭇가지를 뺀 뒤 그의 턱을 쥐어 혀를 씹을 수 없게 했다.

"날 노리는 이유가 뭐지?"

"복수!"

번장이 눈알을 부라리며 소리쳤다.

"텐구, 너희들이 먼저 날 노리지 않았나?"

"복수!"

신혁돈은 혀를 찬 뒤 번장의 턱을 무릎으로 올려 차 부숴

버렸다.

"쯧."

그 모습을 지켜보고 있던 백종화 또한 혀를 찼다.

"그렇게 죽이실 거면 왜 붙잡아 두라 하셨습니까."

신혁돈은 대답도 하지 않은 채 주변을 살피다가 관리국 사람들을 발견했다. 그리곤 바로 서 팀장에게 다가와 말했다.

"왜 끼어들었지?"

"…예?"

"텐구가 우릴 노린다는 걸 알고 들어온 거 아닌가? 그런데 텐구를 공격하는 나를 막아섰다는 건 무슨 의미지?"

"…당신이 괴물인 줄 알았습니다."

"괴물로부터 사람을 지키려 했다. 이런 건가?"

"예."

신혁돈이 헛웃음을 흘리곤 물었다.

"하, 살인범이라도 인권은 있다?"

"예."

신혁돈은 고개를 휘휘 젓고선 윤태수를 바라보았다.

"가자."

"넵."

신혁돈의 말에 돌처럼 서 있던 일곱 사람이 움직이기 시작했다. 그러자 후임이 당황하며 물었다.

"그냥 보냅니까?"

"그럼?"

"붙잡아야죠! 어쨌거나 사람을 죽인……"

"그래. 자기를 죽이려던 19명의 텐구 길드원을 죽였지. 정당 방위로, 여덟 명이서. 한 명도 안 다치고."

"그게 뭐……."

따지려던 후임의 목소리가 줄어들었다.

이곳은 차원문의 안이다.

누가 누구를 죽여도 알 수 없는 공간이라는 뜻.

물론 수가 틀어진다고 신혁돈 일행이 관리국 사람들을 학살할 리는 없겠지만 굳이 지금 긁어 부스럼을 만들 필요는 없다.

어차피 사건 현장은 차원문 안이고, 습격한 일당 한 명을 생포해 둔 상태다.

"도망갈 인간들은 아니야."

후임은 천천히 고개를 끄덕이고서는 이남정을 바라보았다.

"그래도 말은 해야 하지 않겠……."

그때 윤태수가 이남정에게 걸어와 말했다.

"사건 조사 하셔야 되죠? 하루 쉬고, 모레 관리국으로 찾아가겠습니다."

이남정이 업무용 미소를 지으며 고개를 끄덕여주었다. 그러자 윤태수는 이남정과 서 팀장, 후임에게 고개를 숙여 인사한 뒤 신혁돈의 뒤를 따라나섰다.

＊　　　　＊　　　　＊

8명이 승합차에 오르자 악취가 진동을 했다. 안지혜가 긴 한숨을 쉬며 말했다.

"…빨리 가서 씻고 싶네요."

김민희는 아직까지도 눈앞에서 사람이 죽는 충격에서 벗어나지 못했는지 자신의 몸만큼 큰 방패를 끌어안고 말없이 있었다.

윤태수가 핸들을 잡고 신혁돈이 그 옆에 앉았다.

곧 차가 출발하자 뒷좌석에 앉아 있던 백종화가 말했다.

"이제 가면이고 뭐고 다 쓸모없어졌습니다."

백종화의 말에 핸들을 잡고 있던 윤태수가 대답했다.

"그러게 말입니다. 관리국에서 알았으니……."

"그게 문제냐, 19명이 죽었어. 그것도 일본 놈들이. 한동안 시끄러울 거다."

"관리국에서 어떻게 처리하는지 봐야 하지 않겠습니까? 자기들도 생각이 있으면 일 크게 만들진 않을 겁니다."

윤태수의 말을 들은 백종화가 귓불을 문질렀다.

"상황이 어떻게 돌아갈지는 모르지. 텐구가 가만히 있을 놈들도 아니고."

윤태수가 고개를 끄덕였다.

먼저 습격을 한 쪽도 텐구고, 피해를 본 쪽도 텐구지만 돈과 힘이 있는 놈들이니 무슨 짓을 할지 모른다.

"그래도 관리국이 잘 와줬습니다."

"형님 덕분이지."

백종화가 룸미러로 신혁돈의 얼굴을 바라보았다.

관리국의 이남정이 쫓아다니는 것은 며칠 전부터 알고 있었다.

백종화는 바로 떼어버리자 했지만 신혁돈은 '내비 둬.' 라는 한마디로 백종화를 자리에 앉게 했다.

그 덕에 관리국이 이 사건에 끼게 되었고 공권력을 패러독스의 편으로 만들 수 있게 되었다.

"아, 귀찮은 일만 없었으면 좋겠다."

백종화가 기지개를 펴며 말했다.

백종화의 목표는 거대 길드를 만든다거나 모든 마법사들을 발아래 두는 것 같은 게 아니다.

차원문을 막고 자신이 가진 마법의 끝을 보는 것만을 바랄 뿐이었다.

곧 차가 윤태수의 사무실 앞에 도착했다.

모두 차에서 내리자 신혁돈이 말했다.

"모레 아침 10시까지 사무실로 와라."

옆에서 듣고 있던 윤태수가 슬쩍 손을 들더니 말했다.

"내일 사무실 이사합니다. 주소는 각자 핸드폰에 문자로 넣어드리겠습니다."

신혁돈이 고개를 끄덕이자 윤태수가 박수를 짝짝 치고 말했다.

"해산!"

모두가 각자의 집으로 돌아가는 길, 윤태수는 신혁돈의 뒤를 따랐다.

"어디 가십니까?"

"사우나."

"저도 같이 가도 됩니까?"

신혁돈은 윤태수를 한 번 바라본 뒤 고개를 끄덕였다.

사우나에 도착한 윤태수와 신혁돈은 샤워를 한 뒤 뜨거운 물에 몸을 담갔다.

발끝부터 뜨거운 물에 들어가며 온몸에 뭉쳐 있던 근육이 풀리는 느낌에 절로 신음이 나왔다.

"으어……."

머리만 내놓은 채 온탕에 들어간 채 한참동안 눈을 감고 있던 윤태수가 신혁돈을 바라보았다.

얼굴만 보면 이십 대 초반으로 보인다.

하지만 그 밑의 어깨와 분위기가 더해지면 동안인 아저씨로, 혹은 형님으로 느껴진다.

참 신기한 사람이다.

그때 눈을 감고 있던 신혁돈이 눈을 떴고, 윤태수와 눈이 마주쳤다.

그러자 윤태수는 마치 원래 할 말이었다는 듯 말을 꺼냈다.

"바로 다음 시련으로 갑니까?"

"아니, 지금은 무리다."

"그럼 뭐부터 하실 겁니까?"

"2차 각성."

"…예?"

윤태수가 멍하니 있는 사이 신혁돈은 온탕에서 일어나 밖으로 나갔다.

"2차 각성? 그런 게 가능합니까? 형님? 형님!"

윤태수가 신혁돈의 뒤를 따라 목욕탕을 빠져나갔다.

*   *   *

"팔십이 죽었습니다."

안 그래도 좁은 일(一)의 미간이 찌푸려졌다. 그리고 뒤에 이어지는 말에 일의 얼굴은 더욱 형편없이 구겨졌다.

"그의 아래로 열여덟이 더 죽었습니다. 팔십이 독단적으로 일을 처리하려다 신혁돈에게 당한 것 같습니다. 그리고 그사이에 관리국이 껴 있으며 팔십삼이 생포되었습니다."

일이 한숨을 뱉으며 말했다.

"…쓰레기 같은 놈들. 뒤처리는?"

"오십을 시켜 팔십삼을 처리하라 했습니다. 그 후 오십이 신혁돈 감시에 들어갈 겁니다."

비응주구의 핵심 전력은 50번부터 위로다. 그 아래는 소모품이나 다름없었다.

즉 오십을 붙였다는 것은 비응주구 또한 본격적으로 나서기 시작했다는 뜻.

"그리고 신혁돈이 더 가드에 붙었습니다."

"확실한 정보인가?"

"예, 내부에서 확인된 사항이고 곧 오피셜로 공개될 겁니다."

일이 턱을 괸 채 물었다.

"붙은 이유는?"

"거기까진 모르겠습니다."

"제대로 돌아가는 게 없군."

두건에 십이라 새겨진 사내는 더욱 깊숙이 고개를 숙였다. 그 모습을 보던 일이 의자의 팔걸이를 두들기다 말했다.

"삼 일 안에 해결 후 보고해라."

"예."

텐구 길드의 어두운 부분을 처리하는 비응주구 전체가 신혁돈에게 매달릴 수도 없는 노릇.

게다가 이미 스무 명 이상의 인원이 마이더스 복구 작업에

착수하고 있는 상황. 더 이상 인원을 뺄 수 없다.

오십이 잘 해결해 주길 바라는 수밖에.

*   *   *

사우나를 나와 휴게실에 도착한 신혁돈이 맥주를 샀고, 윤태수는 바나나 우유를 사들었다.

맥주를 든 신혁돈은 평상에 앉아 TV를 바라보았고 그의 모습을 보던 윤태수가 물었다.

"2차 각성이라는 게 가능합니까?"

신혁돈이 덤덤히 고개를 끄덕이곤 말했다.

"옐로우 홀 A등급을 클리어하면 된다."

"그게 답니까?"

신혁돈은 다시 한 번 고개를 끄덕이곤 맥주 캔을 들이켰다.

아직까지 옐로우 홀 A등급을 클리어한 공격대는 없다. 그렇기에 신혁돈의 말이 진실인지 아닌지 파악할 도리가 없었다.

하지만 지금까지의 신혁돈을 봤을 때 진실일 가능성이 컸다.

"그럼 저희 여덟 명으로 옐로우 홀 A등급을 클리어할 계획이신 겁니까?"

"아홉."

아홉?

잠깐 생각하던 윤태수가 말했다.

"아, 서윤 씨도 2차 각성을 시키는 겁니까?"

"맞아."

이서윤은 차원문을 간 적이 없었기에 아직도 1등급에 머물고 있었다. 마법진을 통해 에르그 에너지를 모으고 있긴 했지만, 그래봤자 1등급인 상황.

"가능합니까?"

신혁돈이 윤태수를 물끄러미 바라보았다.

윤태수는 신혁돈과 눈을 마주치고선 천천히 고개를 끄덕였다.

신혁돈은 가능하지 않다면 말조차 꺼내지 않을 사람이다.

그가 이서윤을 포함시켰다는 것은 2차 각성에 필요한 조건이 옐로우 홀 A등급 클리어뿐이라는 뜻이었다.

윤태수가 고개를 끄덕이자 신혁돈은 다시 맥주를 마시기 시작했고 윤태수 또한 바나나 우유를 한 모금 마셨다.

'그렇게 쉽다고?'

쉽다고 말할 순 없다.

하지만 시간이 지나 각성자들의 실력이 상향평준화된다면 곧 옐로우 홀 A등급을 넘어서는 사람들이 수도 없이 생길 것이었다.

그런 이들이 모두 2차 각성을 한다라……

윤태수는 항아리 모양의 바나나 우유를 톡톡 두드리다 물었다.

"2차 각성의 효과가 뭡니까?"

"육체와 스킬 한계 확장."

확장.

한계가 없어지는 것이 아닌 확장이다.

그렇다는 것은 3차, 4차 각성이 있을 수도 있다는 뜻.

"혹시 2차 뒤에도 있습니까?"

신혁돈은 고개를 끄덕인 뒤 새로운 맥주 캔을 땄다.

신혁돈은 엄청난 정보를 동네 개가 새끼를 낳았다는 듯 대충 말하고 있다. 윤태수는 토끼눈을 하고서는 신혁돈을 훑어보았다.

"이런 정보를 도대체 어떻게 아시는 겁니까? 혹시 저 말고 다른 정보 라인이 있으십니까?"

"아니."

"그럼 어떻게 아십니까?"

맥주를 마시며 TV를 보고 있던 신혁돈의 시선이 윤태수에게 향했다.

"환생했다."

"…예?"

"5년쯤 뒤, 피닉스를 사냥해 심장을 먹었고, 10년을 더 산 뒤에 죽었다. 그리고 피닉스의 심장 덕에 환생했다. 그래서 아는 거지."

멍한 얼굴로 신혁돈을 바라보던 윤태수가 헛웃음을 흘렸다.

"형님이 농담하시는 건 처음 봅니다."

신혁돈은 어깨를 으쓱였고 윤태수는 너털웃음을 터뜨리며 말했다.

"다른 라인이 있으면 있다 말씀하셨겠지 말입니다. 뭐, 언젠가 기회가 되면 말씀해 주십시오."

신혁돈은 맥주 캔을 든 손을 대충 휘저어 대답한 뒤 다시 TV를 바라보았다.

TV에서는 흔한 토크쇼가 방송되고 있었다.

"그거 재미있습니까?"

"볼 만해."

그러고 보니 신혁돈이 TV를 보는 모습 또한 처음 보는 것이었다. 차원문을 가기 전 날, 혹은 차원문을 다녀 온 날.

'…그러고 보니 전부군.'

별일이 없는 날에는 전부 사우나를 가는 듯했다. 잠시 신혁돈에 대해 생각하던 윤태수는 바나나 우유를 내려놓았다.

'형님에 대해 아는 게 없네……'

이름 석 자 빼면 아는 게 없다. 가만히 신혁돈의 뒷모습을 바라보던 윤태수가 말했다.

"형님, 앞으로 사우나 가실 때 같이 다니시지 말입니다."

"그래라."

퉁명한 대답에 윤태수는 미소를 흘렸다.

　　　　*　　　　　*　　　　　*

　윤태수가 보내준 주소로 찾아온 신혁돈이 건물 앞에 섰다.

5층짜리 건물로 지은 지 좀 되어 보이는 건물이었다.

　특이한 점이라면 간판을 달고 있던 흔적만 있을 뿐, 아무런 간판이 걸려 있지 않다는 점이었다.

　건물 안으로 들어가도 마찬가지. 아무도 없고 아무것도 없었다.

　빈 건물을 한 번 둘러본 신혁돈은 엘리베이터 앞에 섰다. 엘리베이터 옆 건물 안내판에는 하나의 상호만 적혀 있었다.

　4F—패러독스 길드 사무실

　신혁돈은 엘리베이터를 타고 4층으로 올라갔고 문이 열리자마자 넓게 펼쳐져 있는 사무실을 발견할 수 있었다.

　신혁돈이 엘리베이터에서 내린 것을 본 윤태수가 신혁돈에게 다가오며 말했다.

　"이 건물 샀습니다."

　"그래."

　"형님 돈으로."

　신혁돈이 미간을 찌푸리자 윤태수가 하하 웃으며 이것저것 서류를 건넸다.

"그래서 형님 건물입니다. 명색이 길드장인데 건물 한 채는 가지고 있어야 하지 않겠습니까?"

신혁돈은 서류를 대충 살핀 뒤 윤태수에게 다시 건넸다.

"나머지 층은 뭐할 건데?"

"전부 길드 사무실로 쓸 겁니다. 5층은 형님 사무실이랑 뭐 그런 걸로 쓰시고, 나머지는 알아서 잘 꾸미겠습니다."

신혁돈이 관자놀이를 짚었다.

"그래, 알아서 해라."

길드 사무소로 쓸 건물이 필요하다 했더니 건물을 사버렸다.

자신의 돈이 들어갔다는 사실보다 그 행동력에 감탄이 나왔다.

건물이 필요하다 말을 하고 얼마 지나지도 않은 시점이니 그때부터 진행한 것이 아니라 미리 준비를 하고 있었던 모양이다.

건물에 있던 상점들을 모두 빼고 건물을 사려 했으면 꽤 시간이 필요했을 테니 아무리 빨라도 몇 달은 걸렸을 것이다.

"건물 외장이랑 내부 인테리어도 싹 바꿀 생각인데, 괜찮으십니까?"

"아이템 판 돈 남았잖아."

"예, 그거 쓸 겁니다."

"그래. 모자란 건 종화한테 뜯어라."

"넵. 아, 맞다. 형님, 저희 가면 있잖습니까."

윤태수가 자신의 자리로 달려가 검은 가면을 들고 왔다.

"이거 이제 쓸모없지 않습니까? 개나 소나 다 알아보고 쫓아오는데 말입니다."

신혁돈이 고개를 끄덕였다.

어차피 텐구가 상대라면 가면을 쓰나, 안 쓰나 신분의 노출되는 것을 막을 순 없었다.

"애들 가족도 잘 숨겨라."

"예, 이미 처리해 뒀습니다."

텐구와 같이 수단과 방법을 가리지 않고 목적을 이루려는 놈들은 특성이 있다.

본연의 실력으로 이길 수 없다 생각이 들 때, 상대의 약점을 잡으려 하고, 그때 가장 먼저 약점이 되는 것이 가족이다.

가족이 없는 이들은 괜찮았으나 있는 이들이라면 철저히 숨겨야 할 것이었다.

*　　　　*　　　　*

얼마 지나지 않아 8명의 사람들이 새로운 길드 사무실에 모였다.

8명이 전부 커다란 테이블에 둘러앉자 윤태수가 박수를 쳐

서 모두의 이목을 집중시킨 뒤 말했다.

"아이가투스의 여섯 번째 시련은 세 개의 문입니다. 모두 아시다시피 별다른 정보가 없습니다. 유일한 정보는 다섯 번째 시련보다 두어 배는 높은 난이도를 자랑한다는 겁니다."

윤태수의 말에 백종화가 혀를 내둘렀다.

언데드가 강물처럼 쏟아지는 다섯 번째 차원에서도 몇 번이나 죽을 뻔했는데 그보다 두어 배 높다니.

"그런고로 지금 저희의 전력으로는 클리어할 수 없죠. 그렇기에 지금 해야 할 것은 전체적으로 실력을 강화시키는 겁니다."

그때 고준영이 손을 들고 물었다.

"이번 시련을 겪으면서 저희도 꽤 많이 성장하지 않았습니까? 곧 4등급을 달성한다 하면 여섯 번째 시련도 도전할 만할 거 같은데 말입니다."

고준영의 말이 끝나기 무섭게 신혁돈이 단호하게 말했다.

"안 돼."

고준영은 눈을 굴려 신혁돈과 윤태수를 한 번씩 바라본 뒤 소심해진 목소리로 말했다.

"네……."

헛웃음을 흘린 윤태수가 말을 이었다.

"실력을 단기간에 강화시키기 위해서 2차 각성을 진행할 겁니다. 그걸 위해서는 여기 있는 인원 모두가 관리국에 가서 3등급 각성자로 등록해야 합니다. 그래야 옐로우 홀을 들어갈 수 있기 때문입니다."

2차 각성이라는 말에 여기저기서 질문이 튀어나왔다. 모든 질문에 답을 해준 윤태수는 신혁돈을 바라본 뒤 말했다.

"그리고 우리가 각성자 등록 시험을 치는 사이 형님은 텐구와 있었던 일을 처리하실 겁니다. 질문 있는 분?"

"저, 질문 있습니다."

또 고준영이었다.

"혹시 말입니다. 이제 곧 유명해질 텐데 저희의 아이덴티티 같은 게 있어야 하지 않겠습니까?"

"아이… 뭐?"

"그 있잖습니까. 더 가드 하면 굳건한 방패 문양이고, 마이더스 하면 금색 손이잖습니까? 그런 것처럼 저희도 뭐 하나 만들어서 옷에 새기고 그런 거 어떻습니까?"

고준영은 윤태수를 바라보았다.

윤태수 또한 고준영의 의견이 마음에 드는지 신혁돈을 바라보았다. 신혁돈이 고개를 끄덕이자 윤태수가 말했다.

"마음대로 해라."

"넵."

"더 질문 없습니까?"

아무도 없자 윤태수가 자리에서 일어서며 말했다.

"그럼 갑시다."

　　　　　*　　　　　*　　　　　*

"오랜만입니다."

관리국에 도착한 일행을 맞이한 것은 이남정도, 서 팀장도 아닌 더 가드의 간수호였다.

"예."

간수호 나름의 서프라이즈 이벤트였으나 신혁돈은 예상했다는 듯 고개를 끄덕이며 인사를 받았다.

"결정된 겁니까?"

"예, 자세한 사항은 조금 더 검토를 해봐야 합니다만, 오늘부터 더 가드와 패러독스는 가족입니다."

이 상황에 언질을 받은 윤태수만이 고개를 끄덕였고, 나머지는 무슨 상황인지 몰라 간수호와 신혁돈을 번갈아 보았다.

더 가드와 패러독스가 가족이라니?

백종화는 입이 간지러운 것을 느꼈지만 지금은 물어볼 타이밍이 아니었다.

어차피 등급 시험을 보러 들어가서부터는 남는 게 시간일 터이니 그때 천천히 들어도 상관없다.

"여긴 어쩐 일이십니까?"

신혁돈의 말에 간수호가 주위를 슬쩍 둘러보고선 말했다.

"올라가서 이야기 하시죠."

그의 제스처를 본 신혁돈이 쯧 하고 혀를 찼다.

'벌써 이야기가 퍼졌군.'

차원문 내에서 있었던 패러독스와 텐구의 전투 결과가 더 가드의 귀까지 들어간 것이다.

"태수, 등급 시험 보고 연락해라."

"예."

잠자코 듣고 있던 윤태수가 일행을 이끌고 등급 시험 등록을 하기 위해 데스크로 이동했다.

신혁돈은 그들의 뒷모습을 한 번 바라본 뒤 간수호에게 말했다.

"이남정 팀장부터 좀 봐야겠는데."

"예?"

"일단 그 사람부터 보고 이야기합시다. 그리고 올라가지 말고 내려갈 겁니다."

"…예?"

간수호가 신혁돈의 말을 따라오지 못하는 사이 신혁돈은 핸드폰을 꺼내 이남정에게 전화를 걸었다.

그사이 데스크에 도착한 일행은 희소식을 들을 수 있었다.

마침 오늘 오후 3등급 등급 시험이 있었기에 신청을 한 뒤 바로 시험을 볼 수 있다는 것이었다.

일곱 사람은 신청과 동시에 시험 장소를 안내 받았고, 곧 시험장으로 지정된 레드 홀 A등급 차원문으로 이동했다.

일곱 사람이 떠날 때쯤 이남정이 내려와 신혁돈에게 인사했다.

"예, 잘 쉬셨습니까."

신혁돈은 대충 고개를 끄덕여준 뒤 말했다.

"지하에 있는 포로 좀 만나야겠습니다."

신혁돈의 직구에 이남정이 사색이 되어 주변을 살폈다.

아무리 공공연한 소문이라지만 더 가드와 마이더스 그리고 관리국의 윗줄밖에 모르는 소문이었다.

이남정은 작은 목소리로 말했다.

"그건 제 권한이 아니니까 일단 올라가서 이야기하시죠. 그건 그렇고… 지하에 감옥이 있는 건 어떻게 아셨습니까?"

신혁돈은 대답 대신 미간을 구겼다.

그리고 폭탄을 터뜨렸다.

"곧 텐구에서 암살자가 옵니다. 나 말고, 그 포로 죽이러."

이남정은 목소리를 죽이라는 말도 하지 못한 채 입을 벌리고 신혁돈을 바라보았다. 간수호 또한 멍한 얼굴로 신혁돈을 바라보다 이남정에게 말했다.

"어떻게… 아니, 그럼 막아야죠."

"예, 잠시만… 어… 따라오시죠!"

갑작스러운 발언이었지만 안 믿기에는 사안이 너무 중대했다. 이남정은 국장에게 전화를 거는 동시에 엘리베이터를 향해 달려갔다.

　　　　*　　　　*　　　　*

　감옥이라기보다는 병원에 가까운 하얀 방 가운데 의자가
놓여 있었다. 의자에는 구속복을 입힌 뒤 재갈에 안대까지 채
워진 팔십삼이 그 위에 앉혀져 있었다.

　반투명 거울을 통해 팔십삼을 힐끗 바라본 이남정이 신혁
돈에게 물었다.

　"…암살자가 팔십삼을 죽이러 온다는 말입니까?"

　"예."

　신혁돈의 단호한 대답에 그의 옆에 서 있던 관리국장 오훈
이 입술을 씹었다. 입술을 질근질근 씹던 오훈이 물었다.

　"어떻게 아시는 겁니까?"

　신혁돈은 오훈에게는 시선조차 주지 않은 채 대답했다.

　"비웅주구는 원래 그런 집단입니다."

　오훈의 눈썹이 휘었다.

　비웅주구는 텐구의 비밀집단이다.

　그런 만큼 알려진 정보가 없기에 오훈과 이남정이 암살자
라는 말에 당황하는 것이고, 한데 신혁돈은 비웅주구의 속사
정을 잘 알고 있다는 투로 말을 한다.

　'도대체 어떻게…….'

　물어봤자 똑같은 대답을 할 것이다. 원래 그런 집단이라고.

그렇다고 강제적으로 입을 열 수단 또한 없다. 바로 뒤에서 간수호가 시퍼렇게 눈을 뜨고 있는 상황에 신혁돈을 협박할 수도 없는 노릇 아닌가?

무엇보다 협박이 통할 인간인지도 의문이다.

오훈은 고개를 휘휘 젓고선 말했다.

"암살자를 막을 방법은 있습니까?"

신혁돈의 한마디는 이미 기정사실이 되어 있었다. 그가 보여준 능력들과 이루어낸 일들이 말 하나하나에 신빙성을 더한 덕이었다.

신혁돈은 오훈을 보고 물었다.

"제 방법을 따르실 겁니까?"

오훈은 이남정을 바라보았다.

아무래도 몇 번이라도 신혁돈을 겪어본 인물에게 묻는 게 정확할 것이라 생각한 것이다.

그 모습에 신혁돈의 눈이 오훈을 훑었다.

선임자가 되어 결정에 중요한 요소가 되는 정보를 후임에게 묻는 것은 쉬운 행동이 아니다.

게다가 관리국 같은 썩어빠진 집단에서는 더더욱.

'오훈이라 했었지……'

기억에 있는 이름은 아니다.

즉 얼마 안 가 사라질 인물.

이남정 또한 마찬가지.

'한성 빌딩 사건에서 사라질 인물들인가.'

멀지 않은 미래 한성 빌딩 사건이라 불리는 거대한 사건이 하나 터질 것이었다.

지금까지 관리국이 저지른 모든 뇌물 수수와 비리가 담긴 장부가 발견되고, 진위 여부에 대한 공방이 벌어진다.

그 와중에 관리국과 관련된 수많은 길드들이 충돌하고, 관리국의 주요 인원들이 전부 물갈이 되며 부패 척결을 선언하는 사건이다.

물론 부패 척결이 될 리는 없다.

제일 더러운 뿌리는 땅속에 숨은 채 곁가지 몇 명과 옳은 소리를 하던 인원들을 잘라낸 뒤, 자기 입맛에 맞는 인사들을 배치했다.

'그 뒤로 더 더러워졌지…….'

신혁돈이 옛 일을 회상하는 사이 이남정과 눈빛을 주고받은 오훈이 말했다.

"예, 하지만 이남정 팀장이 함께하며 신혁돈 씨가 하시는 결정에 컨펌을 내릴 겁니다."

"그럴 필요 없습니다."

"예?"

신혁돈은 손가락으로 팔십삼 번을 가리키며 말했다.

"저걸 인적이 드물고 큰 소리가 나도 상관없을 만한 장소에 있는 안전 가옥으로 옮겨주십시오. 그거면 됩니다."

신혁돈의 말뜻은 간단했다.

암살자를 유인해 잡겠다는 소리였다.

이남정이 오훈을 한 번 바라본 뒤 반신반의하는 표정으로 물었다.

"그게 통하겠습니까?"

"통합니다."

이번에도 신혁돈은 오훈과 이남정은 이해할 수 없는 확신에 가득 차 있었다. 한데도 확신에 찬 목소리는 두 사람에게 알 수 없는 믿음을 주었다.

결국 두 사람이 고개를 끄덕였고, 신혁돈이 한마디를 덧붙였다.

"최대한 진짜같이 진행하십시오. 저는 안전 요원으로 위장해 동행하겠습니다."

"…알겠습니다."

                    *   *   *

레드 홀 A등급.

주둥이가 세로와 가로, 총 네 방향으로 갈라지는 모습이 불가사리와 비슷하다 하여 불가사리 원숭이라는 이름이 붙은 괴물이 등장하는 차원문이었다.

응시 인원은 스물셋.

거기에 심사위원 셋이 포함되어 총 스물여섯의 사람이 차원 문으로 입장했다.

자신이 얼마나 강한지 모르는 일곱 인원은 조금 위축된 모습으로 주변을 살폈다.

습기가 가득한 공기와 질퍽거리는 땅, 사람보다 조금 큰 키의 나무들이 사방으로 뻗어 있었다.

"…정글이네."

윤태수의 말에 그의 옆에 서 있던 고준영이 고개를 끄덕였다. 고준영은 긴장이 역력한 얼굴로 주변을 살폈다.

"불가사리 원숭이라… 본 적 있으십니까?"

"신장 1~1.8m, 잡식성, 특징은 불가사리처럼 벌어지는 입과 센 악력, 붉은색 털과 검은 피부, 그리고 단체 생활."

윤태수 대신 백종화가 대답했다.

고준영이 오, 하는 소리와 함께 백종화를 바라보며 물었다.

"공부하신 겁니까?"

"아니, 저기."

백종화가 가리킨 곳을 바라보자 어느새 나타난 불가사리 원숭이 무리가 나무에 매달려 응시 인원들을 바라보고 있었다.

챙! 촤락!

백종화의 말과 동시에 괴물을 발견한 이들이 저마다 무기를 뽑아 들었다.

불가사리처럼 기괴하게 벌어지는 입으로 키엑거리며 기성을 지르던 불가사리 원숭이들은 번쩍이는 쇠붙이를 보고서는 정글로 숨어들었다.

"언데드를 보고 와서 그런가? 생각보다는 덜 징그럽네요."

김민희가 덤덤히 말하자 안지혜가 고개를 끄덕였다.

피부가 녹아내리고 내장이 훤히 들여다보이던 괴물들과 살을 맞대며 싸운 경험 덕인지 어지간한 광경에는 무덤덤해진 모습이었다.

"싸워볼까?"

어느새 응시 인원들은 윤태수 일행을 바라보고 있었다.

모두가 긴장하고 있었으나 그사이에 여유가 묻어나고 있기 때문이었다.

"그래."

얼추 결정이 나자 윤태수가 심사위원으로 참여한 백연희를 바라보며 물었다.

"하지 말아야 할 행동 같은 게 있습니까?"

윤태수의 물음에 백연희가 눈을 빛냈다.

'신혁돈 씨가 길드장으로 있는 패러독스의 길드원 전원이 이번 시험에 참여합니다. 같이 다니면서 전력도 파악하고, 위험이 있다면 나서서 제거하면서 친해져 보세요.'

심사위원으로 들어가기 전, 간수호의 지시가 있었다.

백연희는 윤태수를 시작으로 다른 인원들을 바라보며 말했다.

"알아서 하십시오. 목표는 클리어, 다른 이를 위험에 빠뜨리는 행동은 감점 요인입니다."

윤태수는 고개를 끄덕인 뒤 말했다.

"시작해 보죠."

다른 인원들이 레스팅 포인트를 잡고, 정보를 파악하려 부산히 움직이는 사이 윤태수 일행은 백연희와 함께 정글로 들어갔다.

"우리는 레스팅 포인트 안 잡아요?"

김민희의 물음에 백종화가 대답했다.

"일단 주변 파악이 먼저야. 레스팅 포인트란 안전이 제일 우선이거든. 주변에 뭐가 있는지도 모르는 상황에 레스팅 포인트를 잡는 건 자살행위나 마찬가지지. 만약 방금 우리가 있던 곳이 괴물의 군락의 입구라거나, 주 사냥터면 큰일 나는 거잖아."

백종화의 말에 백연희를 포함한 나머지 인원의 고개가 자연스레 끄덕여졌다.

선두에 윤태수와 김민희, 중간에 두 메이지, 후미에 떨거지 셋이 섰다. 심사위원 백연희는 메이지 사이에 세워 두었다.

진형을 갖춘 이들이 천천히 앞으로 나아갔다.

한 시간쯤 나아갔을까.

"멈춰."

백종화가 손을 들며 말했다.

"7시 방향 괴물 무리 등장. 수는… 많아."

백종화의 말에 모두의 눈이 7시 방향으로 향했다. 곧 빽빽한 정글 사이로 분주히 움직이는 붉은 털 뭉치들이 눈에 들어왔다.

"좋지 않은데……."

순식간에 나타난 괴물의 수가 서른을 넘었다. 심사위원의 표정이 굳어질 정도의 수였다.

"…방향을 잘못 잡았나. 일단 천천히 후퇴."

백종화의 명령과 동시에 일곱 명이 한 몸처럼 움직였다. 그 사이에 낀 백연희의 눈에 놀라움이 서렸다.

'군대 같아. 그것도 잘 훈련된…….'

백종화의 명령에 질문은커녕 의문조차 없었다. 마치 하나의 유기체 같은 움직임으로 일곱 명이 사방을 경계하며 물러서고 있었다.

"망할."

후퇴하며 주변을 살피던 백종화의 입에서 욕설이 터져 나왔다.

"포위당했어. 멍청했다."

신혁돈과 함께할 때는 그가 주변 모든 것을 파악할 수 있었기에 포위당하는 일이 있을 수 없었다.

그가 없는 전투를 처음 겪다 보니 백종화가 실수를 한 것이다.

"싸웁니까?"

"진형 유지하면서 천천히 물러선다. 원진으로 교체."

"예."

대답과 동시에 6명의 밀리 계열 능력자가 두 명의 메이지를 감싸고 섰다.

그 모습에 백연희의 입가에 미소가 걸렸다.

'그러면 그렇지.'

아무리 훈련을 잘했다 한들, 이것은 실전이다. 실전과 훈련은 엄연히 다른 법. 자신이 나설 기회가 다가오고 있었다.

백연희가 생각하는 사이, 불가사리 원숭이들이 나무를 뚫고 하나씩 나타나 기성을 질러댔다. 소리를 지르며 튄 침이 닿을 거리까지 오자 백종화와 안지혜가 외쳤다.

"날아가라!"

"솟아나라!"

백종화의 주변에 있던 돌들이 허공으로 솟구치며 괴물을 가격했고, 그와 동시에 날카롭게 솟아난 땅거죽이 괴물의 피부를 꿰뚫었다.

그리고 전투가 시작되었다.

윤태수는 증폭을 최대로 발동시키며 주먹을 쥐었다. 그리고 괴물이 사정거리에 들어온 순간.

쾅!

푸확!

털썩!

"…뭐야?"

불가사리 원숭이를 향해 주먹을 뻗은 순간, 윤태수의 주먹이 불가사리 원숭이의 가슴을 뚫어버렸다.

순간, 기겁한 윤태수는 자신의 팔에 꼬치처럼 꿰인 원숭이를 털어냈고, 한 방에 절명한 원숭이가 피를 흘리며 바닥으로 떨어졌다.

그의 옆에서도 비슷한 광경이 벌어지고 있었다.

세 떨거지의 검이 움직일 때마다 원숭이의 몸이 양단되고 있었다.

굳이 목을 노릴 필요도 없이 검을 휘두를 때마다 한 마리씩 죽어나간다.

더 가관은 김민희였다.

쾅! 쾅! 쾅!

사각 방패를 마치 둔기처럼 든 김민희는 자신에게 달려드는 원숭이들을 후려치고 있었다. 힘이 어찌나 센지, 둔기에 얻어맞은 원숭이들이 곤죽이 되어 튕겨 나갔다.

상식 외의 광경에 백종화와 안지혜가 마법을 쓰는 것조차 잊고 주변을 둘러보았다.

백연희 또한 마찬가지.

어찌나 놀랐는지 파리가 들어가도 모를 만큼 입을 벌리고는 전투를 감상하고 있었다.

순식간에 서른 마리가 넘는 원숭이가 몰살당하고, 남은 원숭이들이 꼬리를 말고 도망쳤다.

전투가 끝나자 다들 자신이 벌인 일이 믿기지 않는 지 자신의 손이나 무기를 내려다보고 있었다.

"왜… 이렇게 쉽지?"

김민희의 말에 모두가 고개를 끄덕였다.

생긴 건 멀쩡한 것들이 언데드보다 힘도 약하고 속도도 느리다. 게다가 방어력 또한 낮아 '툭' 하고 치면 '억' 하고 죽었다.

"혹시 저희가 겁나 센 거 아닐까요?"

고준영이 눈을 빛내며 다른 이들을 둘러보았다. 곧 일곱 명의 시선이 공정한 판단을 내려줄 유일한 사람, 백연희에게 집중되었다.

백연희는 멍하니 있다 화들짝 놀라며 물었다.

"…여러분, 3등급 등급 시험 지원자 맞아요?"

얼빠진 물음에 윤태수가 피식 웃으며 말했다.

"맞습니다만."

"맙소사… 도대체 등급 시험 안 보고 뭐했어요?"

백연희의 반응으로 확실해졌다.

자신들의 비정상적으로 강한 것이었다.

일행 중 가장 약한 김민희가 한 방에 원숭이를 때려잡을 정도니 말은 다한 것이나 마찬가지.

"그러게 말입니다."

긴장감이 단 한 번의 전투로 모두 해소되었다.

7명은 레스팅 포인트조차 잡지 않은 채, 원숭이의 씨를 말리겠다는 듯 전투를 이어갔다.

백연희가 나설 틈조차 없었다.

"이런 놈들 가지고는 훈련도 안 되겠는데."

윤태수의 말에 백종화가 소매를 걷어 붙이며 말했다.

"그냥 빨리 끝내고 옐로우 홀로 넘어가자."

"예, 그럽시다."

그 뒤는 살육의 장이 펼쳐졌다.

'도대체… 뭐하는 사람들이야?'

패러독스의 신혁돈을 만나고서 백연희는 세상에 이런 사람도 있구나라는 생각을 했다.

그리고 나머지 길드원을 만난 지금.

그런 사람이 일곱이나 더 있다는 것을 깨달았다.

몇 번째인지 모를 전투가 순식간에 끝나자 백연희가 멍한 얼굴로 윤태수에게 물었다.

"도대체 어떻게 이렇게 강해요?"

그러자 윤태수가 씨익 미소를 지으며 말했다.

"형님 밑에서 한 달만 굴러 보실래요?"

미소 사이로 드러난 새하얀 이를 보자 알 수 없는 소름이 돋았다. 백연희는 소름이 돋은 팔을 문지르며 한 걸음 물러섰다.

그러자 윤태수는 피식 웃으며 소리쳤다.

"얼른 보스 잡고 집에 가서 쉽시다!"

일곱 사람은 지치지도 않는지 정글의 나무들을 헤치며 앞으로 달려 나갔다.

뒤에 선 백연희가 얼빠진 얼굴로 한숨을 내쉬었다.

"더 이상 볼 것도 없겠는데……."

합격이 정해진 순간이었다.

＊   ＊   ＊

서울을 조금 벗어난 경기도의 교외.

주택 몇 개가 덩그러니 놓여 있고, 뒤로는 큰 밭이 펼쳐져 있었다.

그런 교외의 한 주택.

뒤로는 조그만 마당이 있고, 앞으로는 한 대의 승합차가 서 있으며, 새하얀 털의 백구 두 마리가 목줄도 없이 뒹굴고 있는 평범한 복층 주택이다.

하지만 주택 지하의 상황은 평범하지 않았다.

번데기처럼 꽁꽁 묶인 사람이 지하실 가운데 누워 있었고, 세 명의 사내가 앉아 있었다.

한쪽 벽은 모니터로 뒤덮여 있었으며, 모니터에서는 주택 바깥의 모든 상황이 송출되고 있었다.

"…파리 한 마리 없네."

안전 가옥으로 팔십삼을 호송한 뒤 반나절이 지나고 해가 졌다. 그동안 계속 긴장을 풀지 않고 CCTV를 보고 있던 이남정이 뒷목을 주무르며 말했다.

그러자 후임이 이남정의 말을 받았다.

"개는 두 마리 있지 말입니다."

"시끄럽다."

이남정의 말대로 해가 진 교외는 차는커녕 개미 새끼 한 마리 지나지 않았고 적막만이 감돌았다.

후임의 말장난에 김이 빠진 이남정이 담배에 불을 붙였다. 그러자 옆에 있던 후임이 같이 불을 붙였고, 담배 한 모금을 태운 이남정이 신혁돈에게 물었다.

"후, 언제쯤 올 거 같습니까?"

관리국 안전 요원의 복장을 한 신혁돈이 기관단총을 비끄러맨 채 대답했다.

"내일 해가 뜨기 전에."

이남정은 목을 벅벅 긁고선 물었다.

"사건이 터지고 이틀. 이제 곧 사흘, 사흘 만에 타겟의 위치를 파악하고 호송된 장소까지 알아내서 암살하러 온다라……. 비응주구가 그렇게 유능한 집단입니까?"

"유능하지 않아도 그 정돈 가능합니다."

비응주구가 생각보다 유능하지 않다 말하는 것이었으나 이남정의 귀에는 '너희는 그것도 못하냐?' 라는 물음으로 들렸다.

괜히 머쓱해진 이남정이 담배를 비벼 끄고선 CCTV로 고개를 돌렸다.

그 순간.

"C-8번, 7시 방향."

신혁돈이 모니터 하나를 가리키며 말했고 후임은 콘솔을 조종해 C-8번 모니터를 확대했다.

"3초 전."

후임의 손짓에 따라 모니터 속 시간이 되감겼고, 이내 3초 전 화면이 재생되었다.

안전 가옥이 한눈에 내려다보이는 전봇대 위에 설치된 CCTV의 화면이 나왔다.

화면에서 움직이는 것이라곤 백구 두 마리뿐이었다.

화면을 본 이남정이 눈을 동그랗게 떴다.

"뭐가 있습니까?"

"7시 확대. 10배 느리게 재생."

신혁돈의 지시대로 화면을 재생하자, 무언가 거뭇한 것이 프레임 단위로 끊기며 집으로 날아드는 것이 포착되었다.

"뭘… 던진 겁니까?"

신혁돈은 비끄러매고 있던 기관단총을 내려놓은 뒤 말했다.

"자기 몸."

저게?

이남정은 조그만 눈을 껌뻑이며 몇 번이고 화면을 돌려 보았지만 저 거뭇한 덩어리가 사람의 몸으로 보이진 않았다.

그때 신혁돈의 고개가 뭐에 맞은 듯 천장으로 들렸다.

"…왔군."

아무런 소리도 들리지 않았다.

허나 신혁돈의 표정은 진지, 그 자체였다.

"무슨 다른 세계에 사십니까?"

쓰고 있던 캡형 모자도 벗어 테이블에 올린 신혁돈은 번데기를 가리키며 말했다.

"신호하면 데리고 나가십시오."

"안 도와드려도 됩니까?"

"예."

자기가 직접 나서서 위험을 감수해 주겠다니 나쁠 건 없었다.

이남정이 고개를 끄덕이고 후임에게 명령해 번데기를 들게

했다. 그들이 뒤에 준비된 비밀 통로 앞에 서자 신혁돈이 말했다.

"만약 한 놈이 더 있다면 무조건 도망치십시오."

신혁돈의 말을 잘 따르던 이남정이 이번에는 고개를 돌려 물었다.

"저흰 둘인데요?"

"둘이든 스물이든 싸우면 다 죽습니다."

신혁돈과 눈이 마주친 이남정은 재빨리 고개를 돌렸다. 눈을 마주친 순간 마치 심해에 홀로 떨어진 듯한 공포가 밀려왔기 때문이었다.

'전에도 이런 적 있던 것 같은데…….'

포식자의 눈이 발동된 것이다.

이남정은 고개를 휘휘 저어 공포를 떨쳐냈으나 여전히 가슴 한쪽에 얼음을 댄 듯 시렸다.

"알겠습니다."

결국 대답을 한 이남정이 다시 고개를 돌린 채 신혁돈의 신호를 기다렸다.

숨 막히는 시간이 계속되던 순간.

달칵.

지하실의 문을 여는 소리가 이남정이 들을 수 있을 정도로 크게 울렸다.

그때.

"침입자다! 도망쳐!"

신혁돈은 가만히 있던 이남정이 놀랄 정도로 크게 소리쳤다.

번데기를 둘러멘 후임이 화들짝 놀라며 비밀통로로 도망쳤고, 이남정은 그의 뒤를 따라 급하게 뛰다 발이 꼬여 넘어질 뻔하고서야 정신을 차리고 도망쳤다.

그와 동시에 지하실의 문이 열렸고, 신혁돈은 몬스터 폼을 발동시켰다.

하지만 아무것도 들어오지 않았다.

일종의 심리전.

상대가 뭐지? 하고 긴장을 푸는 순간 기습을 하는 수법이었다.

하지만 아이가투스의 눈속임 망토가 5단계로 성장을 하며 더욱 날카로운 감각을 가지게 된 신혁돈에게는 통하지 않았다.

암살자의 숨 쉬는 소리와 그의 체향, 시계바늘 돌아가는 소리까지. 모든 감각이 그의 위치를 말해주고 있기 때문이었다.

위치를 들킨 이상 습격은 습격이라 할 수 없다.

타칵타칵.

'시계를 찬 건가.'

암살의 기본이 안 되어 있는 놈이다.

한데 소리의 방향이 조금 달랐다.

마치 벽 하나를 두고 있는 것 같은 둔탁한 시계 소리.

'설마……'

신혁돈의 미간이 찌푸려진 순간.

자신이 들킨 것을 깨달은 암살자가 천장에서 뛰어내림과 동시에 문을 통과해 신혁돈에게로 달려들었다.

그 순간.

암살자의 눈에는 당혹이 서렸다.

'괴물?'

하지만 멈출 수 없는 상황.

암살자는 긴 일본도로 괴물의 목을 베어 들어갔다.

챙!

어느새 튀어나온 몰맨의 손톱이 암살자의 검을 막아내며 불똥을 튀겼다. 그와 동시에 암살자의 검이 몰맨의 손톱으로 파고들었다.

몰맨의 손톱이 잘려 나가는 것을 본 신혁돈이 재빨리 물러서며 팔을 크게 휘둘렀다.

그러자 암살자 또한 공격을 피해 뒤로 물러섰다.

그제야 암살자의 모습이 제대로 보였다.

검은 옷에 얼굴까지 검은 천으로 감싸고 있었으며, 이마에는 오십(五十)이라는 한자가 쓰여 있었다.

'몰맨의 손톱이 잘리다니… 역시 오십 번장인가.'

S+ 등급으로 강화된 손톱이 잘려 나갈 정도의 절삭력을 낼 수 있는 각성자란 뜻.

굳건한 방어보다는 빠른 움직임이 필요한 시점.

신혁돈은 아르마딜로 리자드의 피부를 해제했다.

괴물의 피부가 꿈틀거리며 변하는 것을 본 암살자는 대응할 시간을 주지 않겠다는 듯 거리를 좁혔다.

챙! 챙!

신혁돈은 몰맨의 손톱에 에르그 에너지를 쏟아부으며 암살자의 검을 막아갔다.

하지만 암살자의 검과 부딪힐 때마다 손톱이 상하고 있다.

지하실의 비좁은 공간 덕에 제대로 피할 수조차 없는 상황.

공간의 우위를 점한 암살자가 기세를 놓치지 않겠다는 듯 빠르게 검을 휘둘렀다.

푸확!

몇 번의 공방 끝에 결국 신혁돈의 바깥 허벅지가 길게 베였다.

암살자의 입가에 미소가 번지려는 순간 표정이 그대로 굳었다.

갈라진 바지 사이로 보이는 상처가 빠르게 아물고 있었기 때문이다.

신혁돈이 치유 마법진을 발동시킨 것이다.

암살자가 한 호흡을 놓친 순간 신혁돈이 그의 가슴팍으로 달려들며 무릎을 올려찼다.

암살자가 두 걸음을 물러서며 공격을 피하긴 했으나 거리가 좁혀진 탓에 마음껏 검을 휘두를 수 없었다.

호각지세!

두 사람의 공방이 눈에 보이지도 않을 속도로 빠르게 오갔다.

하지만 뒤집어진 전세를 다시 뒤집긴 힘들었다.

결국 암살자가 뒤로 점프하며 거리를 벌렸다.

동일한 실력을 가진 각성자의 싸움이라면 절대 점프를 하지 않는다.

공중에서 움직이는 스킬을 가지고 있지 않는 이상 착지 지점은 뻔하고, 착지하는 순간 쏟아지는 공격을 막을 수 없기 때문이었다.

하지만 그것을 상쇄할 스킬이 있기에 점프를 한 것이다.

허공으로 점프한 암살자의 몸이 마치 먹구름처럼 변하며 땅으로 내려왔다.

"하."

먹구름을 본 신혁돈이 입꼬리를 올리며 웃음을 흘렸다.

분명한 비웃음.

여유를 찾은 암살자의 눈이 의문을 표한 순간.

괴물의 그것과도 같은 신혁돈의 손가락이 암살자의 가슴팍을 가리켰다.

그리고 영혼 강타.

팡!

순간 공기가 터지듯 먹구름으로 변했던 암살자의 가슴에 큰 구멍이 났다.

전의 먹구름들과는 달리 오십은 재빨리 먹구름 형태를 취소하며 인간의 모습으로 돌아왔다.

하지만 뻥 뚫린 가슴까지는 어찌할 바가 없었다.

상처를 치료하기 위해서는 먹구름이 되어야 할 텐데, 먹구름이 되면 기이한 스킬로 목숨을 빼앗길 것이었다.

암살자의 얼굴에 어두운 그림자가 드리웠다.

그제야 비응주구 수십 명이 당한 것이 이해가 되었다.

'이 정보를 전해야 하는데……!'

주먹만 한 구멍이 뚫린 가슴에서는 피가 울컥울컥 쏟아지고 있었고 고통으로 정신은 혼미해지고 있는 상황에서도 오십은 마지막 기력을 짜내어 물었다.

"어… 어떻게?"

신혁돈은 몬스터 폼을 해제해 인간의 폼으로 돌아오며 대답했다.

"그 질문, 전에도 들었던 것 같군."

끝까지 의문을 풀지 못한 오십이 눈을 뜬 채로 쓰러졌다.

타칵타칵.

그런데도 타칵거리는 시계바늘 소리는 멈추지 않았다.

미간을 구긴 채 오십의 시체를 노려보던 신혁돈의 눈동자가 확장되었다. 그 순간 신혁돈이 문을 부술 듯 지상을 향해 달려 나갔다.

　지하실에서 빠져나와 승합차에 오른 이남정이 CCTV를 통해 지하실 안의 상황을 지켜보다가 실눈을 떴다.

　그래도 보이지 않았다.

　도대체 얼마나 빠르게 공격을 주고받는지 예상조차 되지 않는 속도였다.

　전투는 극에 치달았고 암살자가 밀린다는 생각을 한 순간, 전투가 끝났다.

　이남정은 영상을 저장한 뒤 번데기를 가리키며 후임에게 말했다.

　"지키고 있어."

　"걱정 마십쇼."

　후임은 두 손가락으로 장난스러운 경례를 했고, 이남정은 가운데 손가락을 날려주었다.

　이남정이 승합차에서 내려 문을 닫고 지하실 문고리를 쥔 순간, 지하실 문이 열리며 신혁돈이 뛰쳐나왔다.

　퍽!

　"억!"

　안으로 열리는 문이었기에 문고리를 잡고 있던 이남정이 딸려 들어왔고 박차고 나가려던 신혁돈과 부딪혔다.

　결국 신혁돈의 걸음이 멈추었고, 그 순간.

타칵타칵타칵! 팅!

신혁돈은 자신의 앞에 서 있는 이남정의 손목을 쥐고 지하실 안으로 던졌다. 그리고 자신은 아르마딜로 리자드의 피부를 발동시키며 뒤돌아 엎드렸다.

콰쾅! 구르르르릉!

방금까지 이남정이 타고 있던 승합차가 폭발했다.

폭발의 여파가 지나가자 신혁돈이 고개를 돌려 주변을 살폈다.

얼마나 강한 폭탄을 쓴 것인지, 차는 수 미터를 날아가 있었고 신혁돈이 한숨을 내쉬었다.

"…씨발."

차는 프레임만 남은 상태로 활활 타오르고 있었다.

신혁돈이 관자놀이를 꾹 눌렀다.

오십을 처음 만난 순간 시계바늘 소리가 폭탄임을 알았다면 이남정에게 경고를 해줄 수 있었을 것이고, 두 사람의 목숨을 살릴 수 있을 것이었다.

"맙소사……."

이제야 정신을 차린 이남정이 헐레벌떡 달려 나와 신혁돈의 옆에 섰다.

그는 불타고 있는 차로 달려가 안을 살폈다.

이남정은 입고 있는 옷과 살이 타는 것도 신경 쓰지 않고 두 사람의 시체를 끌어냈다.

"경태야……."

신혁돈은 형체조차 불분명한 두 구의 시체를 두고 멍하니 앉아 있는 이남정의 뒤로 다가가 치유 마법진을 시전해 주었다.

이남정의 타버린 옷 아래로 드러난 기포들이 빠르게 아물었다.

그제야 정신을 차린 이남정이 신혁돈을 바라보며 물었다.

"어떻게 된 겁니까?"

"암살자가 차에 폭탄을 설치해 둔 모양입니다."

"하, 씨발… 별 개 같은 새끼들이… 이렇게 갈 애가 아닌데… 미안하다. 미안하다. 미안해 경태야……."

이남정은 눈물을 흘리지 않았다.

그저 멍하니 앉아 알아볼 수조차 없이 타 버린 경태의 얼굴을 쓰다듬을 뿐이었다.

*   *   *

"오십이 성공했습니다."

십(十)의 얼굴을 살핀 일(一)이 물었다.

"그런데?"

"돌아오지 못했습니다."

"허……."

일의 표정이 그 어느 때보다 심각해졌다. 그의 얼굴이 변하는 것을 본 십은 혹시 눈이라도 마주칠까 고개를 숙였다.

"어떻게 당했지?"

"파악 중입니다."

일은 의자의 손잡이를 톡톡 두들기다 말했다.

"내가 언제 신혁돈을 죽이라 말한 적 있나?"

"없으십니다."

"그런데 왜 보내는 족족 죽어나가지?"

"…면목 없습니다."

어지간한 적이라면 어떻게든 도망을 친 뒤 보고했을 것이다. 하지만 신혁돈을 만난 그 어떤 비응주구도 돌아오지 못했다.

일은 턱을 괴며 물었다.

"신혁돈이 우리보다 강한가?"

"아닙니다. 단지 오십보다 강했을 뿐입니다. 오십은 이제 막 오십이 된 터라 아직 제대로 된 비응주구의 일원으로 보기 힘듭니다. 그러니……."

일이 한숨을 내쉬며 손을 휘저었다.

"숫자가 어떻든 비응주구는 비응주구고, 신혁돈이 비응주구 오십을 죽였다는 사실은 변하지 않는다."

자신의 수하가 계속 당하고 있는 상황이었으나 일은 화가 난 표정이 아니었다.

오히려 흥미롭다는 표정으로 자신의 턱을 만지작거리고 있었다.

"90번대 비웅주구를 붙여서 감시해라. 절대 가까이 가지 말고."

이해할 수 없는 명령.

하지만 일의 말이니 십은 고개를 끄덕였다.

"지금은 올마이티의 처리가 더 급하다. 신혁돈은 그 이후에 처리해도 늦지 않아."

"알겠습니다."

"신혁돈의 길드… 패러독스라 했지. 그 인원들에게도 전부 인원을 붙여서 일거수일투족을 감시해."

"예."

신혁돈.

어색한 한국어로 신혁돈의 이름을 입 밖으로 내본 일이 대뜸 웃음을 터뜨렸다.

"뭐하는 놈인지 궁금하네."

입매가 귓불까지 올라갈 정도로 크게 웃고 있었으나 눈은 차갑게 가라앉아 있었다.

일의 웃음소리가 커질수록 십은 더욱 낮게 몸을 숙였다.

*　　　　*　　　　*

3등급 등급 시험을 보는 이들은 대부분이 이름 있는 길드에 소속된 유망주들이었다. 그런 이들이 제대로 실력조차 발휘해 보지 못한 채 시험에서 탈락했다.

이유는 간단했다.

앞서간 일곱 명이 모든 괴물을 잡아버린 탓에 힘을 보일 기회조차 없이 탈락하고 만 것이다.

하지만 유망주들은 분해하거나, 억울해하기는커녕 그들의 압도적인 강함을 칭송했다.

"3등급 시험은 도대체 왜 본 거지? 광고 효과를 노린 건가? 아무리 봐도 4등급 이상이던데……."

"시험이야 다시 보면 되는 거고, 그런 경지를 눈으로 볼 수 있었다는 걸로 만족해."

물론 모두가 같은 생각은 아니었다.

자신들의 기회를 박탈당했다 욕하는 이들도 있었다. 하지만 그들 또한 악의가 아닌 질투가 담긴 욕일 뿐이었다.

어떠한 광고보다 큰 광고가 된 셈이었다.

옛말에 틀린 것 없다는 듯 패러독스 길드원들의 무위는 발 없는 말을 타고 사방으로 퍼져나갔다.

대한민국에서 가장 큰 길드라는 더 가드와 마이더스에도 4등급 각성자는 서른이 넘질 않는다.

그런데 8명이 전부인 소규모 길드의 모든 이가 4등급의 무력을 보유하고 있다니.

세간의 이목이 집중되는 것은 당연한 일이었다.

그리고 옐로우 홀 시험 당일 아침.

더 가드가 패러독스와 동맹을 체결했음을 발표했다.

그 어떤 길드와도 손을 잡지 않고 독자노선을 걷던 더 가드의 동맹 체결은 큰 반향을 불러 일으켰고, 그 대상이 한참 불타고 있는 뜨거운 감자 패러독스라면 더 말할 것도 없이 큰 이슈였다.

"오늘도 관리국 가십니까?"

신혁돈은 고개를 끄덕이더니 옐로우 홀 F등급 차원문에서 있을 시험을 준비하는 길드원들을 보고 피식 웃었다.

이유를 묻기도 전에 신혁돈은 사무실을 나섰고, 그의 뒷모습을 보던 윤태수가 고준영을 보고 물었다.

"…저 양반이 왜 또 사람을 불안하게 만드냐?"

"그러게 말입니다."

시험 장소로 배정된 옐로우 홀 F등급 차원문에 도착한 윤태수는 몰려 있는 인파를 발견하곤 차를 멈추었다.

"뭐야?"

기자는 말할 것도 없고 난다, 긴다 하는 길드의 간부들이 여기저기 보였다.

그들은 패러독스 길드원들이 탄 차가 들어오자 마치 아이

돌의 사생팬들처럼 차를 향해 걸어오며 소리를 질러댔다.

"가면을 괜히 버렸나……."

백종화가 중얼거리는 사이 주차를 마친 윤태수가 차에서 내렸다.

그러자 익숙한 얼굴인 백연희가 다가왔고, 대충 인사를 마친 윤태수가 물었다.

"이거 무슨 일입니까?"

그러자 백연희가 어이없다는 듯 웃으며 윤태수에게 물었다.

"오늘 아침 뉴스 안 봤어요?"

"무슨 뉴스요?"

등급 시험을 준비하느라 바빠서 TV 볼 여유가 없었다. 윤태수가 멍한 얼굴로 되묻자 백연희가 말았다.

"아니, 무슨 자기 길드 돌아가는 사정도 몰라요? 더 가드랑 패러독스가 손잡았잖아요."

그제야 상황을 이해한 윤태수가 아아, 하고 고개를 끄덕였다.

그리곤 이를 악 물었다.

'언질이라도 해줄 것이지.'

신혁돈이 피식 웃고 간 이유를 깨달은 것이다.

"그게 오늘이었습니까? 타이밍 한번 더럽네."

윤태수가 인상을 쓰자 백연희가 미소를 지으며 손짓을 했다.

그러자 뒤에 서 있던 더 가드 길드원들이 보디가드처럼 원진을 만들어 패러독스 길드원들을 감쌌다.

"…뭡니까?"

"저희도 점수 좀 따 둬야죠."

"허……"

퍼포먼스로는 최고였다.

더 가드의 발표에도 확신을 갖지 못하고 있던 기자들은 좋은 먹잇감이 나타났다는 듯 쉴 새 없이 카메라 플래시를 터뜨려댔다.

윤태수는 고개를 휘휘 젓고서는 차문을 열어 길드원들을 내리게 했다. 그리곤 짐을 챙겨 옐로우 홀로 향했다.

"재미있는 이야기 해드릴까요."

"그쪽만 재미있고, 우린 별로 재미없을 것 같은데요?"

백연희는 여전히 방실거리며 말했다.

"심사위원이 일곱이에요."

"…뭐요?"

"힘 좀 쓴다는 길드의 간부들이 전부 심사위원으로 참가했어요. 더 가드와 손잡은 이들의 전력을 파악해두겠다는 의도죠. 지금이 패러독스 위에 설 수 있는 처음이자 마지막 기회이기도 하니 이번에 점수 좀 따겠다는 것도 있을 테고."

백종화가 미간을 팍 구기며 말했다.

"아니, 관리국이 아무리 호구라지만 너무한 거 아냐?"

패러독스의 길드원들 전부 과도한 관심에 얼굴을 찌푸리고 있었다.

하지만 그들보다 더 똥 씹은 표정을 한 이들이 있었으니.

"아… 망했네."

7명의 패러독스 길드원과 같이 등급 시험을 보게 된 응시자들이었다.

등급 시험은 일정 점수 이상을 얻은 이들을 전부 합격시키는 절대 평가가 아닌, 합격 인원을 정해놓고 정원이 차면 그 아래는 잘라내는 상대평가다.

그러다 보니 뛰어난 실력을 가진 이들이 포함되어 있을수록 불리해지는 시스템이었다.

그런 것들을 모두 뒤엎는 것은 바로 실력이다.

실력이 좋다면 정해진 인원을 뚫고 합격할 수 있는데, 문제는 그런 인원이 일곱이나 된다는 사실이었다.

"하……."

일곱 명의 패러독스 길드원과 일곱 명의 심사위원을 바라보던 응시자 하나가 심사위원에게 걸어가 말했다.

"전 포기하겠습니다."

그러자 눈치를 보고 있던 사람들이 우르르 포기해 버렸다.

패러독스 길드원들과 함께 시험을 보느니 차라리 일찍 포기한 뒤 다음 기회를 노리는 게 낫다는 판단을 한 것이다.

심사위원들 또한 옳은 판단을 했다 생각하는지 별말 없이 포기자들을 집으로 돌려보냈다.

쾌 많은 이들이 포기하고 남은 사람은 여자 한 명뿐이었다.

괴물을 잡고 얻은 아이템인지 검은 가죽으로 된 갑옷을 입고 있었으며, 등에는 커다란 지팡이 하나를 메고 있었다.

모두의 시선이 그녀에게 쏠렸으나 그녀는 포기할 생각이 없는지 냉랭한 눈으로 패러독스 길드원들을 바라보고 있을 뿐이었다.

윤태수는 그녀의 얼굴을 자세히 살폈으나 아는 얼굴은 아니었다. 궁금병이 도진 윤태수는 백연희에게 다가가 물었다.

"저거 누굽니까?"

백연희는 메고 있던 가방에서 파일 하나를 꺼내 죽죽 넘기다 말했다.

"홍서현. 2등급 후반의 각성자고, 길드는 없네요. 계열은 메이지구요."

길드도 없는 이가 홀로 남는다?

'활약할 자신이 있다는 건가……'

아니면 자신들을 구경하겠다는 건가.

뭐 어느 쪽이든 상관없었다.

"그럼 포기자 26명을 제외한 8명이 모두 모였군요. 그럼 3등급 등급 시험을 시작하겠습니다."

백연희의 말과 함께 15명의 사람이 샛노란 빛을 뿜는 차원문으로 들어갔다.

              *   *   *

이남정이 건넨 테블릿 PC를 본 관리국장 오훈의 눈이 커졌다.

신혁돈과 오십의 싸움이 녹화된 영상이었다.

비각성자인 오훈의 눈으로는 잔상을 쫓기도 바빴고, 곧 눈이 피곤해진 오훈은 재생되는 영상을 반도 보지 못한 채 눈두덩이를 문지르며 정지시켰다.

"…대단하군."

"대단하다는 말로 다 표현이 안 될 정도입니다."

"그래서 이 영상을 나한테 들고 와서까지 하고 싶은 말이 뭔가?"

"복수하게 해주십시오."

오훈은 그럴 줄 알았다는 듯 단호히 고개를 저었다.

"내가 허락한다 한들 자네 혼자 할 수 있겠는가? 아니면 자네 말은 존재하지도 않는 텐구의 비응주구를 범인으로 세워 텐구를 압박할 텐가?"

하나하나 맞는 말에 이남정이 이를 악물었다.

비응주구는 비밀기관.

누구나 알고 있지만 서류상으로는 존재하지 않는 기관이었다.

그랬기에 죄를 물을 수도 없다.

"대한민국의 국민이 죽었습니다. 그것도 테러로 인해서요. 그런데 한마디 말조차 할 수 없다는 게 말이나 됩니까?"

오훈의 표정이 어두워졌다.

"자네도 알지 않는가. 나는 힘이 없네. 실상 관리국 전체가 그렇지. 우리는 권력자들의 허울 좋은 꼭두각시일 뿐일세. 위에서 힘을 강하게 주면 힘을 쓸 수 있고, 실을 끊어버리면 그대로 허물어지는 꼭두각시 말일세."

강하게 깨문 이남정의 입술에서 피가 흘렀다.

"그럼… 그럼 어떻게 해야 합니까? 범인을 잡았으니 안심하라고 말해야 합니까? 사고로 인해 당신네 아들이 죽었으니 어쩔 수 없다고 말합니까? 저희에겐 증거가 있습니다! 비웅주구가 실존하고 그들이 습격을 했다는 증거가!"

오훈이 영상 속 사내의 머리를 가리켰다.

"이 오십이라는 숫자 말인가? 이건 증거가 될 수 없네."

오훈은 냉정했다.

하지만 그의 말은 모두 사실이었고, 이남정은 반박할 수 없는 현실에 결국 고개를 떨궜다.

"…좆같습니다."

"나도 그래. 한데 나는, 그리고 우리는 힘이 없네."

오훈의 목소리 또한 떨리고 있었다.

그라고 복수하고 싶지 않겠는가.

자신의 부하를, 국민을 죽인 단체에게 죄를 묻고 싶지 않겠는가.

"알겠습니다."

이남정은 끝까지 고개를 숙인 채 오훈의 얼굴을 바라보지 않았다. 그리곤 테블릿 PC를 챙겨 오훈의 사무실을 나섰다.

*　　　　*　　　　*

사무실을 나선 신혁돈의 차가 관리국으로 향했다.

요원이 둘이나 죽은 사건에 연루되어 있기에 조사차 관리국으로 가는 것이었다.

신혁돈은 자선 봉사자가 아니다.

포로의 인권을 위해 목숨을 지키려 했던 것이 아니라 정보를 얻기 위해 살려둘 필요가 있었던 것이었는데, 실패하고 말았다.

"후……."

텐구가 자신을 노리는 이유.

그리고 최태성을 이용해 마이더스를 조종하려 했던 이유.

마지막으로 텐구가 마왕을 돕는 단체인지에 대한 정보를 파악하려 했던 것들이 물거품이 되었다.

물론 80번대인 만큼 많은 것을 알진 못했겠지만 그래도 작은 정보라는 실마리라도 있어야 시작할 것 아닌가.

생각을 하는 사이 신혁돈이 모는 차가 관리국에 도착했다.

암살자는 잡았지만, 결국 폭탄에 의해 관리국 요원 하나가 죽었고 암살 또한 막지 못했다.

"조금 더 긴장해야겠어."

관리국에서 간단한 조사를 마치고 나온 신혁돈이 자신의 차로 향했다.

자연스럽게 차키를 눌러 차문을 연 신혁돈의 미간이 굳어졌다.

이남정이 조수석에 앉아 있었다.

신혁돈은 차에 타지 않은 채 조수석으로 다가가 창문을 두들겼다.

그러자 이남정이 창문을 열어주었고 신혁돈이 물었다.

"뭐하십니까?"

"죄송합니다. 이렇게 해야 태워줄 것 같았습니다."

"뭐하냐고 물었습니다."

굳어 있는 신혁돈의 표정을 본 이남정이 입술을 한 번 씹은 뒤 말했다.

"도와주십시오."

"뭘?"

"복수할 겁니다. 텐구를 잡을 겁니다."

신혁돈이 헛웃음을 흘렸다.

"네가?"

"…예."

신혁돈은 차문을 열고 이남정을 끌어냈다. 이남정은 신혁돈의 힘을 버텨보려 했지만 얼마 버티지 못하고 차에서 끌려나와 바닥을 뒹굴었다.

신혁돈은 이남정을 내려 보며 말했다.

"비웅주구는 존재하지 않는 집단이다."

이남정이 보닛을 돌아 운전석으로 향하는 신혁돈의 뒤통수에 대고 외쳤다.

"그래도 잡을 겁니다! 잡아서 다 죽여 버릴 겁니다!"

"힘내라."

시큰둥한 반응에 이남정이 달려오며 말했다.

"저한테 증거가 있습니다! 비웅주구가 실존한다는 증거가!"

그제야 신혁돈의 발걸음이 멈추었다. 신혁돈은 그대로 빙글 돌며 이남정을 바라보았다. 이남정은 다급히 테블릿 PC를 꺼내 보여주었다.

영상이 끝나자 신혁돈이 물었다.

"그래서?"

"저… 저를 강하게 만들어주십시오. 복수는 제가 하겠습니다. 당신이 길드원들을 강하게 만들어주었다는 말을 들었습니다."

이남정은 마지막 동아줄을 잡는 심정으로 다급히 말을 쏟아냈다.

하지만 신혁돈은 여유롭게 뒷목을 문지르며 대답했다.

"그래서 내가 얻는 게 뭔데?"

"저… 제 인생을 드리겠습니다. 복수를 마치고 제가 관리국 국장이 되겠습니다. 그러고 나서 제가 당신의 개가 되겠습니다."

이남정의 말에도 신혁돈은 시큰둥한 얼굴이었다.

"그러다 픽 뒤지면 나는 무슨 손해야?"

그 순간.

이남정이 무릎을 꿇은 채로 신혁돈을 올려 보았다.

"당신이 죽으라 말하기 전까지는 죽지 않겠습니다."

이남정의 눈에 불꽃이 튀었다.

윤태수에게 보았던, 백종화에게 보았던 그 불꽃이 이남정의 눈동자 속에서 타오르고 있었다.

"패기는 좋네."

말을 마친 신혁돈은 무릎을 꿇고 있는 이남정을 두고 차에 올랐다. 이남정이 멍하니 있자 신혁돈이 크락션을 울렸고, 이남정은 영혼을 잃은 표정으로 차 앞에서 비켜섰다.

그러자 신혁돈이 차를 운전해 이남정을 지나쳤다.

3m쯤 갔을까.

운전석 창문이 열렸다.

"죽은 요원이랑 무슨 사이지?"

신혁돈의 목소리에 이남정이 후다닥 달려가 대답했다.

"예?"

"그때 죽었던 요원."

"동생 같은 애였습니다."

그때 생각이 나는지 이남정의 목소리가 턱하고 메여왔다. 신혁돈은 뒤통수를 벅벅 긁더니 말했다.

"그렇게 복수가 하고 싶은가?"

"예! 제 목숨을 버려서라도 할 겁니다. 꼭 하고 말 겁니다."

또다시 이남정의 눈에서 불꽃이 튀었다.

신혁돈은 쯧 하고 혀를 찬 뒤 말했다.

"아서라."

그리고 신혁돈은 고개를 돌려 앞을 보았다.

그 순간, 틱 하는 소리와 함께 조수석의 잠금이 풀어졌다.

"가… 감사합니다!"

이남정은 재빨리 고개를 끄덕이고선 조수석에 몸을 실었다.

차원문에 들어선 윤태수가 한숨을 쉬자 하얀 입김이 나왔다.

"허……."

눈이 내리고 있었다.

심사위원을 제외한 다른 이들도 마찬가지. 눈을 처음 보는 사람들처럼 하늘을 올려보거나 손을 내밀어 눈을 맞고 있었다.

"옐로우 홀부터는 기상 변화가 있다더니… 아무리 그래도 이건 좀 심한데."

백종화가 주위를 둘러보며 말했다.

사방이 눈 덮인 산이었다.

나무는 한 그루도 없고, 쌓인 눈 사이로 비죽 튀어나온 바위들이 위용을 자랑했다.

"넘어지면 죽겠는데."

"그전에 얼어 죽겠습니다."

경사도 가파른데다가 군데군데 눈이 얼어 있었다.

비교적 가벼운 차림을 하고 들어온 응시자들은 팔과 손을 문지르며 주변을 살폈다.

그사이 윤태수가 백연희에게 물었다.

"이런 경우 미리 공지해줘야 하는 거 아닙니까?"

백연희는 어깨를 으쓱하며 말했다.

"상황 대처도 능력 평가의 일환이에요."

"우라질."

그때 홀로 들어온 응시자, 홍서현이 지팡이를 꺼내들고 하늘 높이 들었다.

홍서현은 알아들을 수 없는 몇 마디 말을 중얼거리며 지팡이를 휘둘렀다.

메이지라기보다는 주술사와 같은 모습에 모두의 시선이 집중되었고 얼마 지나지 않아 그녀의 지팡이에 박힌 수정구에서 붉은 에너지 덩어리가 흘러나와 윤태수 일행의 몸으로 흡수되었다.

몸으로 들어온 것에 당황한 순간 몸이 따뜻해지며 메시지
창이 떠올랐다.

[가이아의 대지 축복이 적용됩니다.]
[외부 환경의 변화에도 체온이 유지됩니다.]

"오… 버퍼셨습니까?"

고준영이 홍서현에게 말을 붙였지만 홍서현은 고개를 끄덕
이는 것으로 대답을 대신했다.

윤태수가 백종화를 바라보았다.

홍서현을 바라보고 있던 백종화가 고개를 돌려 윤태수를
바라보자 윤태수가 입모양으로 말했다.

'가이아.'

그러자 백종화가 고개를 끄덕였다.

가이아라면 신혁돈이 말했던 지구의 신이자 '시스템'을 만든
장본인이다.

그런 신의 축복을 쓰는 사람이라.

그녀에게 시선이 가는 건 당연한 일이었다.

'지켜봄.'

백종화의 입모양에 윤태수가 고개를 끄덕이며 말했다.

"홍서현 씨라 하셨죠? 감사합니다."

윤태수의 말에 홍서현이 눈을 흘겼다.

"이름을 말한 적 없는데요."

날카로운 지적에 윤태수는 어색한 미소를 지은 뒤 일행에게 말했다.

"…자, 그럼 갑시다."

예티.

2m가 조금 넘는 키보다 우락부락한 근육에서 뿜어져 나오는 괴력이 인상적인 괴물이다.

새하얀 털을 가지고 있는 유인원으로 눈을 이용한 위장에 능하다.

물론 이번 시험의 응시자들에게는 통하지 않는 위장이었지만.

언령을 통해 주변 탐지를 시작한 백종화가 멀지 않은 산등성이를 가리키며 말했다.

"동북쪽 200m. 5마리… 인 것 같은데."

백종화의 말에 안지혜가 고개를 끄덕이고선 머리 위로 손을 들며 에르그 에너지를 끌어올렸다.

"흔들려라."

그러자 우르릉하는 소리와 함께 조그만 지진이 일었고, 눈밑에 숨어 있던 예티들이 화들짝 놀라며 튀어나왔다.

눈사태가 일어나면 예티들도 버티지 못하고 죽기 때문이었다.

눈 위에 선 예티들은 어디서 눈이 쏟아지는지를 살피기 위해 주변을 훑어보았고, 곧 인간들을 발견했다.

"쿠쿠카카!"

예티 중 하나가 굵다란 손가락으로 인간들을 가리켰고 예티들은 고릴라처럼 네 발로 달려오기 시작했다.

"가자."

윤태수의 말과 동시에 7명이 진형을 갖추었다.

밀리 계열 다섯이 앞에 서고 두 메이지가 뒤에 서는 일반적인 진형이었다.

체계화된 움직임에서 동떨어진 홍서현은 그들의 모습을 바라보다 다시 한 번 지팡이를 머리 위로 치켜들었다.

그러자 이번엔 초록빛이 흘러나와 일행의 몸을 감쌌다.

[가이아의 바람 축복이 적용됩니다.]

[민첩성이 증가합니다.]

이번에는 바람 축복.

윤태수는 몸이 가벼워진 것을 느끼곤 고개를 돌려 홍서현을 바라보았다.

전투에 참여할 생각은 없는지 심사위원들 옆에 서서 숨을 고르고 있었다.

하지만 버프만으로도 1인분 이상은 충분히 했다.

'합격할 자신이 있다 이거구만.'

그냥 '몸이 좀 가벼워졌네.' 수준이 아닌 지금 상태라면 총알도 피할 수 있을 것 같은 느낌이 들었다.

2등급 능력자라는 게 믿기지 않을 정도로 수준 높은 버프.

버프를 받은 윤태수 일행과 예티가 맞붙었다.

다섯 마리의 예티와 다섯 밀리 능력자가 1:1로 싸우고, 두 메이지가 지원을 해주는 식이었으나 메이지의 지원까지도 필요 없었다.

쾅!

예티의 주먹을 사각 방패로 막아낸 김민희는 예상외로 가벼운 충격에 의아해하며 방패의 날카로운 모서리로 예티의 허벅지를 찍었다.

"쿠가!"

예티를 물러서게 하기 위한 공격이었으나 공격을 당한 예티의 허벅지가 쩍 갈라지며 피가 튀었다.

"음?"

예티는 상처에도 불구하고 공격을 이어갔으나 다리 한 쪽을 사용하지 못하는 공격에는 힘이 실리지 않았고, 곧 김민희의 공격에 목이 잘려 쓰러졌다.

가장 약한 김민희마저도 수월하게 예티를 상대할 정도.

김민희가 예티를 처리함과 동시에 모든 예티가 쓰러졌다.

"뭔가… 쉽네?"

레드 홀과는 다를 것이라 생각했지만 옐로우 홀 또한 쉬웠다.

"버프 덕인가?"

고준영이 홍서현을 바라보며 말했고, 윤태수가 고개를 저었다.

"우리가 강한 거다. 어디까지 상대할 수 있을지 기대되는데."

예티를 어린 아이 데리고 노는 듯한 몸놀림에 심사위원들의 입이 떡 벌어졌다.

이들의 전투를 한 번 본 적 있는 백연희조차도 입을 벌렸다.

옐로우 홀 F등급의 괴물들을 어린아이 다루듯 하고 있다.

'도대체… 얼마나 강한 거야?'

예티의 전력을 파악한 일행에게 거칠 것은 없었다.

백종화가 예티의 위치를 파악하면 달려가서 싸운다.

"조심해!"

예티를 보고 한 말이 아닌 지형을 보고 한 말이다.

설산의 산등성이였기에 발을 잘못 디디면 산 아래로 추락할 수도 있다.

"허……."

예티보다 지형을 조심하는 일행의 모습에 어이가 없어진 심사위원들이 한숨을 쉬었다.

"저들이 다 패러독스라니, 백연희 팀장은 좋겠습니다."

심사위원의 말에 백연희는 어깨를 으쓱할 뿐이었다.

전투가 끝나고 이리저리 흩어져 휴식을 취하는 도중. 홍서
현이 윤태수에게 다가왔다.

"무슨 능력이죠?"

뜬금없는 물음에 윤태수가 눈을 흘겼다.

"왜요?"

"궁금해서요."

윤태수가 홍서현의 눈을 바라보았다.

'이서윤 같은 스타일인가.'

궁금한 것을 못 참는데다가 직설적인 게 이서윤과 비슷하다.

그리고 보니 이서윤을 만나 마법진도 얘기도 해야 하는데.
연구가 잘 되어가고 있는지 모르겠군.

아, 이능 계열 마법진은 어떻게 되어 가는지도 물어봐야 하
는군.

순간 윤태수가 다른 생각에 빠졌고, 홍서현이 짜증 섞인 목
소리로 말했다.

"이봐요."

"아, 죄송합니다. 뭘 물어… 그래, 능력에 대해 물으셨죠?"

홍서현은 깊게 가라앉은 눈을 한 채 팔짱을 끼고 윤태수를
바라보았다.

윤태수가 어색한 미소를 흘리며 대답했다.

"그냥 신체 능력 강화입니다. 등의 이건 부작용이구요."

홍서현은 여전히 불만 가득한 눈빛으로 물었다.

"단순한 신체 강화로 보이진 않는데요."

"그래서요?"

홍서현은 무언가를 묻고 싶은 얼굴이었으나 끝까지 묻지 않았다.

"나중에 생각나면 물어보십쇼."

윤태수는 대충 마무리한 뒤 일행에게로 돌아왔다.

그러자 고준영이 다가와 물었다.

"무슨 얘기 하셨습니까?"

"왜?"

"그냥 궁금해서 그러지 말입니다."

고준영이 헤헤 웃으며 말했다. 그러면서도 홍서현을 힐끔힐끔 보는 것이 뭐가 있는 게 분명했다.

"스킬 얘기."

"그게 답니까?"

윤태수가 미간을 찌푸렸다.

"뭔데?"

"아니… 제가 말 걸때는 대답 한 번 안 하더니 형님한테 직접 다가가서 말하는 게 뭔지 궁금해서 그렇지 말입니다."

윤태수는 피식 웃고서는 홍서현을 바라보았다.

그녀는 이쪽을 바라보며 복잡한 표정을 짓고 있었다.

"원래 여자는 헌신적인 호구보다 나쁜 남자를 원하는 법이지."

"에이, 형님, 그건 호구들이 만들어낸 허구입니다. 허구. 세상에 나쁜 사람을 좋아하는 사람이 어디 있습니까?"

윤태수는 어깨를 으쓱인 뒤 말했다.

"그래, 너 같은 호구들이 그렇게 믿는 거지."

고준영은 이를 악물고 아니라 말했으나 윤태수는 피식 웃어준 뒤 백종화에게 걸어갔다.

윤태수의 등에서 시선을 뗀 고준영은 다시 한 번 홍서현을 바라보았다.

홍서현은 여전히 윤태수를 바라보고 있었다.

고준영은 한숨을 내쉰 뒤 자리에서 일어났다.

"저게 보스군."

네 개의 팔과 번쩍이는 세 개의 눈.

몸 주위로 떠도는 새하얀 얼음덩어리들이 인상적인 예티였다.

"메이지 계열 같은데."

"…전에 봤던 리치 같은 건가요?"

"어쩐지 너무 쉽다 했어."

리치라는 말에 7명 모두 치를 떨었다.

그렇다고 물러서 있을 수만은 없었다.

작전을 짜고 진형을 갖춘 일곱 명이 보스 몬스터를 향해 돌격했다.

"쿠카카카!"

보스 몬스터는 자신에게 달려드는 인간들에게 얼음덩어리

들을 쏟아냈다.

제일 선두에서 달리던 윤태수는 가득 긴장하며 수십 개의 얼음덩어리를 향해 손을 뻗었다.

"감쇄!"

그 순간 날아오던 모든 얼음덩어리가 힘을 잃고 바닥으로 떨어졌다.

당황한 윤태수는 달리는 것까지 멈추고서 바닥에 흩어진 얼음덩어리들을 바라보았다.

"터지나?"

"…아니, 에르그 에너지는 다 사라졌는데."

"설마 이게 끝이라고?"

당황한 것은 윤태수뿐만이 아니었다.

"쿠카! 쿠카!"

자신의 공격이 막힌 보스 몬스터 또한 당황했는지 다시 한 번 얼음덩어리들을 일으켜 윤태수에게 쐈다.

"감쇄."

투두두두둑.

얼음덩어리들이 날아오던 힘을 잃고 바닥을 굴렀다.

그 순간.

윤태수는 더 이상의 기회를 주지 않겠다는 듯 보스 몬스터를 향해 달려들었고 네 명의 밀리 계열이 그 뒤를 따랐다.

심사위원들과 홍서현은 더 이상 놀랄 힘도 없다는 듯 멍하니 그 광경을 지켜보고 있었다.

일곱 명의 길드원은 마치 하나의 생물처럼 보스 몬스터를 몰아붙였고, 얼마 지나지 않아 보스 몬스터의 목을 베었다.

마치 마법을 사용하는 몬스터와 수십, 수백 번은 싸워본 적 있는 듯한 움직임이었다.

금세 보스를 물리친 이들은 심사위원들에게로 다가오며 자기들끼리 이야기했다.

"리치보다 훨씬 쉽네."

"맞아요. 그땐 진짜 죽는 줄 알았는데."

김민희의 말에 고준영이 낄낄 웃으며 대답했다.

"넌 몇 번 죽지 않았나?"

"아, 그렇죠? 그 불덩이 정말 아팠어요."

여유 있는 모습보다 대화 내용에 경악한 백연희가 물었다.

"…몇 번을 죽었었다고요?"

그러자 다른 이들이 듣고 있는 것을 발견한 김민희가 윤태수에게 구원의 눈길을 보냈고 윤태수가 어색한 미소를 지으며 말했다.

"아 뭐, 그만큼 힘들었다는 비유법입니다."

"…리치라는 몬스터는 도대체 어디서 만나신 건데요?"

"어… 그런데 우리 합격입니까?"

"예, 합격이긴 합니다만……."

"드디어 끝났다!"

윤태수는 백연희가 무슨 말을 하기도 전에 방방 뛰며 신나했고, 백연희는 미간을 지긋이 누르며 윤태수의 뒤통수를 노려보았다.

*   *   *

달리는 차 안.

신혁돈이 이남정에게 물었다.

"왜 나지?"

거의 30분 만에 처음 듣는 목소리에 이남정이 반색하며 대답했다.

"제가 만난 사람 중에 가장 강하고, 가장 모를 사람이라 그렇습니다."

"모를 사람이면 신용할 수 없다는 것 아닌가?"

"사건과 팀장까지 올라오면서 많은 사람을 만나봤습니다. 범죄자도 숱하게 있었고, 착한 사람도 있었죠. 그중에 신혁돈 씨 같은 사람은 없었습니다. 그래서 신뢰가 갔습니다."

운전을 하던 신혁돈의 고개가 모로 꺾였다.

"무슨 개소리야?"

이남정은 나이답지 않게 한참을 껄껄거린 뒤 대답했다.

"사실 잘 모르겠습니다. 그냥… 제가 복수할 힘이 없다는 걸 깨달은 순간 그쪽 얼굴이 떠올랐습니다. 당신이라면 무엇이든

할 수 있을 것 같다는 생각이 들었고, 바로 찾아온 겁니다."

"대책 없군. 내가 거절하면 어떻게 하려 했지?"

"말씀하신 대로 대책은 없었습니다."

대화를 하는 사이 신혁돈이 운전하던 차가 멈추었다.

이남정은 창밖을 보며 말했다.

"여긴 어딥니까?"

꽤 비싸 보이는 저택이었으나 문제는 관리 상태.

폐가라 불러도 손색없을 정도로 엉망이었다. 그런 와중에 개까지 키우는지 개 짖는 소리가 담장 밖까지 들렸다.

신혁돈은 대답을 하지 않았다.

의아함을 느낀 이남정이 신혁돈의 얼굴로 시선을 돌렸고, 굳어 있는 그의 얼굴을 발견할 수 있었다.

'그때와 같다……'

오십이라 불리는 암살자가 왔다고 말했을 때와 비슷한 표정이었다. 이남정은 더 이상 묻지 않고 숨조차 참으며 신혁돈의 말을 기다렸다.

몇 분이나 지났을까.

"귀찮아."

"예?"

말을 마친 신혁돈은 차에서 내림과 동시에 바닥을 박찼다.

망토 사이로 삐져나온 그의 손이 괴물의 그것이 되어 있었다. 신혁돈을 따라 서둘러 내린 순간.

후웅!

쾅!

타다다다!

무언가가 날아가는 소리와 부딪히는 소리. 그리고 총소리가 한적한 도시 외곽을 울렸다.

이남정이 달려가기도 전,

신혁돈이 거대한 곰의 앞발과도 같은 손으로 한 사람의 머리를 쥔 채 질질 끌고 오고 있었다.

"귀찮다는 게… 텐구의 비웅주구를 말씀하신 겁니까?"

신혁돈은 대답 대신 사람을 질질 끌며 저택 안으로 들어갔다.

뜻밖에도 저택 안에서 나온 사람은 여자였다.

이남정이 인사하려는 찰나.

"…오, 세상에. 이제는 시체까지 끌고와요?"

"지하실 좀 쓰지."

"아니… 그런 불법적인 행동에 제 지하실을 내드릴 순 없어요."

신혁돈은 들은 채도 하지 않고 지하실로 내려갔다.

그 순간.

신혁돈의 손에 머리통을 잡힌 사내가 발악을 했지만 신혁돈은 아귀에 힘을 주는 것만으로 사내를 제압했다.

"꺄악!"

사내가 살아 있다는 사실에 놀라 이서윤이 비명을 질렀다.

그녀의 옆에 있다 비명에 놀란 이남정이 이서윤을 바라보았고 그제야 이서윤이 이남정을 바라보았다.

"어… 안녕하세요?"

이서윤은 신혁돈에게 화낼 타이밍을 놓치고선 부들부들 떨다가 이남정에게 소리쳤다.

"이상한 짓 하지 말고 청소 제대로 해줘요!"

이서윤은 제 말만 한 뒤 가버렸고, 이남정은 그녀의 뒷모습을 바라보다 신혁돈을 따라 지하실로 내려갔다.

지하실로 내려가자 신혁돈이 바닥에 던져 놓은 비응주구의 일원이 보였다.

신혁돈은 어느새 의자 하나를 꺼내 앉은 채로 말했다.

"심문해."

"넵."

예상보다 빨리 찾아온 기회에 이남정은 미소를 지으며 쓰러져 정신을 잃고 있는 사내에게로 걸어갔다.

*   *   *

이남정은 손에 묻은 피를 닦아내며 말했다.

"무슨 말을 안 하네. 어지간히 독한 놈입니다."

"너도."

신혁돈의 눈은 이남정이 아닌 바닥에 쓰러져 있는 시체를 보고 있었다.

시체는 원래의 형체를 알아보기 힘들 정도로 훼손되어 있었다. 신기한 점은 저런 상태로도 방금 전까지 숨이 붙어 있었다는 것.

"어디서 배웠지?"

"뭐… 여기저기서 배웠습니다."

사람의 목숨을 끊는 것보다 죽이지 않고 오래 유지하며 고문을 하는 것은 생각보다 어려운 일이다.

하지만 이남정은 익숙한 듯 손쉽게 해냈다.

신혁돈의 시선을 따라 시체를 힐끗 바라본 이남정이 아쉬운 듯 말했다.

"94번이고… 텐구에서 비웅주구로 발탁된 지 한 달이라……."

두 시간여를 고문했지만 알아낸 것은 두 가지뿐이었다. 그때 신혁돈이 말했다.

"하나 더 있지."

이남정은 그의 뒷말을 기다렸지만 신혁돈은 문제의 대답을 기다리는 선생님처럼 이남정을 바라보고 있을 뿐이었다.

"흠… 뭡니까?"

신혁돈은 대답하지 않았다.

이남정은 백종화나 윤태수처럼 머리를 쓰는 스타일이 아니다. 대신 현장 능력과 감이 좋다.

다들 신혁돈에게 아무런 관심이 없을 당시에도 홀로 신혁돈을 물고 늘어진 게 이남정이었다.

"하나 더라… 뭐가 있지?"

이남정은 이서윤의 당부가 생각났는지 지하실 청소를 하며 중얼거리기 시작했다.

몸을 움직이면서 생각하는 게 버릇인 모양이었다.

그 모습을 지켜보던 신혁돈은 자리에서 일어나며 말했다.

"끝나면 올라와라."

"예."

*   *   *

이서윤은 컵라면에 뜨거운 물을 붓다가 신혁돈이 들어오는 것을 보고 눈을 흘겼다.

"아무리 아지트로 쓰기로 했다지만 불법적인 일에 쓰이는 건 사양하고 싶은데요."

"죽어도 싼 놈들이다."

"그건 누가 정한 건데요?"

"내가."

"어이고, 대법관님 납셨네."

이서윤은 아무것도 들지 않은 손으로 마치 나무망치를 든 듯 테이블을 두드리며 말했다.

"넌 내 마음에 안 드니까 사형! 이게 말이 된다고 생각해요?"

"마음대로 생각해."

이서윤은 눈을 부라렸지만 신혁돈이 아무런 반응도 없자 한숨을 내쉬고 컵라면 위에 젓가락을 올려두었다.

"넌 무슨 일이 있어도 사람을 죽이면 안 된다 생각하나?"

갑작스러운 물음에 이서윤의 눈이 둥그레졌다.

"왜요? 갑자기 양심에 가책이 느껴져요?"

"대답 먼저."

"그 정도로 박애주의자는 아니에요. 강간범이라던가 연쇄 살인범, 혹은 테러범, 이런 사람들은 죽어 마땅하죠. 하지만 정당한 법의 절차라던가, 뭐 그런 게 있잖아요. 그걸 따르는 게 맞다 보는 거죠."

"정당방위는?"

"그것도 법의 일부 아닌가요?"

신혁돈이 헛웃음을 흘렸다.

"결국 너도 네 잣대대로 결정하겠다는 거 아닌가?"

이서윤은 눈을 흘겼지만 반박하지 못했다.

"이런 이야기를 하는 이유가 뭐죠?"

"곧 텐구가 네 목숨을 노릴 거니까."

"…예?"

"텐구는 패러독스와 접점이 있는 모두를 노릴 거다. 그리고 잡아먹기 쉬운 상대부터 처리하겠지."

이서윤이 입술을 씹었다.

"당신 때문에 다른 사람의 목숨이 위험한 적이 한두 번이 아닌가 봐요? 아주 태연하게 말하시네."

나름의 비꼼이었지만 신혁돈은 그저 고개를 끄덕였다. 이서윤은 한숨을 쉬며 말을 이었다.

"당신이 말하려는 게 뭔 줄 알겠어요. 어쩌다 세상이 이렇게 된 건지 모르겠지만⋯ 내가 죽지 않으려면 다른 사람을 죽여야 한다. 이런 말 아닌가요?"

신혁돈은 긍정도, 부정도 하지 않은 채 이서윤을 바라보았고 이서윤은 천천히 고개를 끄덕였다.

"내가 이중적인 건 이해하지만, 사람마다 신념이라는 게 있잖아요. 난 그걸 지키고 싶을 뿐이에요."

"안다."

이서윤은 쯧 하고 혀를 찼다.

방금 했던 말을 자신의 입으로 부정하고 있자니 부끄러움을 넘어 수치심이 들었기 때문이다.

이서윤은 긴 한숨을 내쉬었다.

"그래서 제가 어떻게 하길 바라는 거죠?"

"네 건 네가 챙겨야지."

"그렇죠, 이익도, 목숨도."

이서윤은 고개를 끄덕이며 대답했지만 곧 어이가 없는 지 되물었다.

"아니, 그런데 당신 때문에 내 목숨이 위험한 건데 양심의 가책이라거나 책임감, 이런 걸 느껴야 하지 않아요?"

"네 선택이었다."

"……"

"그리고 도와주지 않는다 한 적도 없고."

신혁돈의 손바닥 위에서 놀아난 듯한 기분에 똥 씹은 표정을 하고 있던 이서윤의 표정이 조금은 펴졌다.

"그래서요?"

"방어 마법진을 만들어라."

"그게 말처럼 쉬우면 내가 당신한테 도와달라 하겠어요?"

"가능하다."

묘한 기시감에 이서윤은 화낼 타이밍을 놓치고 신혁돈의 얼굴을 바라보았다.

그때와 같다.

인간의 몸에 마법진을 새길 수 없다는 말에 가능하다 말하던 눈과 지금의 눈이 같았다.

"…방법을 알아요?"

신혁돈은 덤덤히 고개를 저었다.

"아이, 씨!"

"간단히 생각해라."

과거 이서윤의 힘을 탐내는 자는 수도 없이 많았다.

괴물을 사냥해 에르그 에너지를 얻는 방법과 무구를 얻는 방법.

두 가지 방법으로만 성장이 가능했던 각성자들에게 마법진을 통해 제3의 길을 열어준 것이 그녀였기 때문이다.

하지만 그녀를 손에 넣은 사람은 아무도 없었다.

오로지 그녀의 마음에 든 사람들만이 그녀의 마법진이 담긴 무구를 받거나 몸에 마법진을 새길 수 있었다.

그녀가 갑이 될 수 있었던 이유.

그녀는 강했다.

그녀의 저택은 던전이라 불릴 정도로 수많은 마법진이 복합적으로 새겨져 있었고 초대받지 않은 이가 난입할 시 지옥을 보여주었다.

즉 언젠가 그녀가 이룩할 일이라는 뜻이었고 그게 먼 미래가 아닌, 곧이 되지 말라는 법은 없었다.

"그게 말처럼 간단하냐는 거죠."

"넌 할 수 있다니까."

"아니, 뭘 믿고?"

"이서윤."

이서윤이 또다시 긴 한숨을 내쉬었다. 그사이 신혁돈의 핸드폰이 울렸다.

─형님, 태숩니다.

"끝났나?"

─예, 무난히 합격했습니다. 그리고 드릴 말씀이 있습니다.

"뭔데?"

—가이아에 관련된 사람을 만났는데… 전화보단 만나서 말씀드리겠습니다. 어디십니까?

"아지트."

　—이서윤 씨네 집 말씀이십니까?

"맞아."

　—안 그래도 마법진 때문에 한번 들려야 했는데 지금 거기로 가겠습니다.

"그래."

　전화를 끊자 이서윤이 신혁돈을 바라보았다.

"누구예요?"

"태수, 이리로 온다는군."

"마법진 손볼 때가 되긴 했죠. 그건 그렇고… 그쪽은 뭘 보고 저를 믿는다는 거죠?"

"나는 네가 할 수 있다는 걸 알고 있다. 너를 믿는 게 아니라 너의 미래를 믿는 거지."

　이서윤이 신혁돈의 눈을 바라보았다. 그러자 신혁돈이 말을 이었다.

"사흘, 그 안에 쓸 만한 마법진을 개발해라. 그동안 지켜주지."

"이게 문제라니까. 무슨 과학자들이 전지전능한 존재인 줄 알아요? 뭐 만들어라 하고 시키면 뚝딱 하고 나와?"

　이서윤은 한탄을 하면서도 손에 든 펜을 굴리고 있었다.

'왜 날 지켜준다는 걸까?'

텐구가 자신의 목숨을 노리고 있다고 경고를 해주는 것까
진 이해할 수 있다.

하지만 자신을 지켜준다?

신혁돈의 말대로 미래에 자신이 쓸모 있기 때문인가?

확신할 수 없다.

그렇다면 신혁돈이 자신에게 무언가 얻을 만한 것이 있기
때문일 것이었다.

계산을 마친 이서윤이 물었다.

"대가는요?"

"이제야 머리가 돌아가는군."

이서윤이 혀를 차자 신혁돈이 말을 이었다.

"길드 사무소로 쓸 건물 한 채가 있다."

이서윤이 짝하고 박수를 치며 말했다.

"오호라, 거기다 방어용 마법진을 설치해라?"

"그거지."

이서윤이 의자에 기대며 다리를 꼬았다.

"수지가 안 맞는데?"

"사흘 안에 마법진을 완성시키면 2차 각성을 시켜주지."

대답은 엉뚱한 곳에서 흘러나왔다.

"2차 각성? 그런 게 있습니까?"

지하실 청소를 마친 이남정이 방으로 들어오며 말한 것이다.

이서윤은 이남정을 슥 바라본 뒤 신혁돈에게 물었다.

"그거 하면 뭐가 좋아지는데요?"

"스킬과 육체 성장의 한계가 확장된다."

이서윤의 눈이 빛났다.

마법진에 관한 스킬들이 전부 A랭크에 도달한 지 꽤 되었다. 그 이후로 어떤 벽에 막힌 듯 발전이 없어 스스로 답답한 상황이었다.

한데 스킬의 한계 확장이라니.

짜증이 가득하던 이서윤의 눈에 처음으로 활기가 돌았다.

"…3일은 너무 짧아요."

이서윤의 말을 들은 신혁돈이 말했다.

"그럼 서둘러야겠군."

"아니……"

둘의 대화를 보고 있던 이남정이 신혁돈에게 다가오며 말했다.

"그거… 저도 할 수 있는 겁니까?"

"하는 거 봐서."

"뭐든 열심히 하겠습니다!"

신혁돈은 대충 고개를 끄덕인 뒤 스마트폰을 조작해 예능 프로그램을 틀었다.

이서윤은 들고 있던 펜을 내려놓았다. 그때 물을 부어놓았던 컵라면이 눈에 들어왔다.

"아……."

컵라면은 이미 퉁퉁 불어 떡이 되어 있었다.

"에이, 씨……."

마침 신혁돈이 보고 있는 예능에서 웃음소리가 터져 나왔다. 뿔이 난 이서윤이 신혁돈에게 소리쳤다.

"나가서 봐요!"

"널 지켜야 한다."

"아, 진짜!"

한 편의 촌극에 이남정은 피식 웃음을 터뜨렸다.

그리고선 자신이 할 수 있는 일을 찾기 위해 이서윤에게 물었다.

"집 구경 좀 해도 됩니까?"

"마음대로 해요!"

괜한 짜증의 타겟이 된 이남정은 입술을 내민 채 고개를 끄덕이고선 방을 나섰다.

*   *   *

더 가드 길드 빌딩.

간수호와 백연희, 그리고 길드 마스터 세 사람이 길드 마스터 사무실에 모여 있었다.

"길드원 전원이 4등급 이상이라… 엄청나네요."

더 가드의 길드 마스터 조훈호가 말하자 간수호가 대답했다.

"그 덕에 매스컴이 난리입니다. 덕분에 우리 더 가드도 홍보 효과를 톡톡히 보고 있죠."

"아무래도 그렇겠죠. 마이더스를 추락시킨 장본인이 만든 길드… 이목이 집중되는 게 당연한 데, 실력까지 가진데다가 이런 퍼포먼스까지 준비했을 줄이야."

더 가드는 패러독스 길드원들이 등급 시험을 본 것을 퍼포먼스로 생각하고 있었다.

그도 그럴 것이 등급 시험은 모든 길드들의 이목이 집중되는 장이나 마찬가지다.

어떤 길드의 누가 어떤 능력을 가지고 있고 얼마나 강한지를 판별할 수 있는 유일한 곳이기 때문이다.

그런 곳에서 모두를 압도하는 힘을 보여주었으니 이슈가 되는 건 당연한 일.

"우리도 타이밍 잘 맞췄죠."

간수호의 말에 조훈호가 고개를 끄덕였다.

옐로우 홀 등급 시험이 있는 날 동맹을 맺었다는 오피셜을 터뜨린 것 또한 전략이었다.

그들의 전략은 아주 잘 먹혀 들어갔고, 덕분에 패러독스는 뜨거운 감자가 되었다.

"이제 그들이 뭘 할까요?"

조훈호의 물음에 백연희가 대답했다.

"아직까지는 잘 모르긴 하지만, 여덟 명이서 밥집 가서 밥만 먹어도 이슈가 될 걸요?"

"그렇겠죠."

조훈호가 고개를 끄덕이자 간수호가 입을 열었다.

"신혁돈, 그 사람이 이렇게 이목을 집중시켜놓은 데는 이유가 있을 겁니다. 아마 큰 거 한 방 터뜨리겠죠."

"최태성 사건 때처럼 말입니까?"

"그와 비슷한 정도의 건이 아닐까 싶습니다."

조훈호가 호오, 하는 탄성을 내뱉었다.

"예상되는 게 있으십니까?"

"일단 텐구에 관한 게 가장 크지 않을까 싶습니다."

조훈호가 고개를 끄덕였다.

텐구의 비응주구가 패러독스를 습격한 사건은 모두가 쉬쉬하고 있는 공공연한 비밀이었다.

그 사건을 물 밖으로 꺼낼 수 있는 유일한 단체가 바로 당사자인 패러독스다.

"…파장이 일겠네요."

"아주 크겠죠."

"저희에게 독이 되지 않게 하셔야 합니다."

"믿음에 보답하겠습니다."

간수호의 대답에 조훈희가 고개를 끄덕이고는 소파에 등을 기댔다.

"그럼 가보겠습니다."

"예, 수고하세요."

조훈호의 사무실을 나오자 백연희가 간수호에게 물었다.

"과연 신혁돈이 비웅주구를 칠까요? 덩치로 보나, 자금력으로 보나 상대가 안 되는데."

그녀의 말에 간수호가 헛웃음을 흘렸다.

"그럼 최태성은? 마이더스는? 두 가지가 모자라서 무너졌나요?"

"그건 아니지만……."

"드디어 패러독스가 날개를 펴고 날아올랐습니다. 그간 그림자 아래 숨어 있던 이들이 드디어 볕으로 나온 거죠. 많은 게 달라질 것이고, 지금과는 달리 모든 것이 빠르게 변할 겁니다. 우린 그저 그들과 함께하기만 하면 되는 겁니다."

간수호는 묘한 미소를 지으며 말했고, 백연희는 어색한 미소로 화답하며 고개를 끄덕였다.

『괴물 포식자』 4권에서 계속…

초대형 24시 만화방

신간 100%, 샤워실, 흡연실, 수면실(침대석), 커플석, 세탁기 완비

■ 강북 노원역점 ■

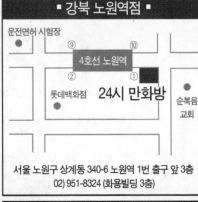

서울 노원구 상계동 340-6 노원역 1번 출구 앞 3층
02) 951-8324 (화용빌딩 3층)

■ 일산 정발산역점 ■

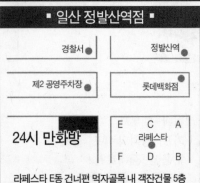

라페스타 E동 건너편 먹자골목 내 객잔건물 5층
031) 914-1957

■ 일산 화정역점 ■

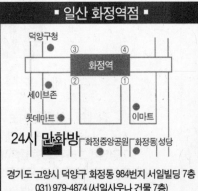

경기도 고양시 덕양구 화정동 984번지 서일빌딩 7층
031) 979-4874 (서일사우나 건물 7층)

■ 부천 역곡역점 ■

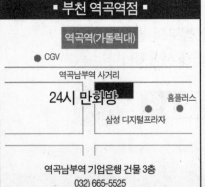

역곡남부역 기업은행 건물 3층
032) 665-5525

■ 부평역점 ■

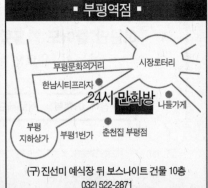

(구) 진선미 예식장 뒤 보스나이트 건물 10층
032) 522-2871

강준현 장편소설
FUSION FANTASTIC STORY

인생을 바꿔라

『복수의 길』, 『개척자』 강준현 작가의
2016년 신작!

자신이 무엇인지 알지 못하는 정신체, 염.
세상을 떠돌며 사람의 몸속으로 들어가
에너지를 얻고 나오길 반복하던 어느 날.

사고로 인한 하반신 마비, 애인의 이별 선언,
삶에 지쳐 자살하려는 김철의 몸에 들어가게 되는데······.

"뭐, 뭐야! 아직도 못 벗어났단 말이야?"

새로운 삶을 살리라,
정처 없이 떠돌던 그의 인생 개척이 시작된다!

"어떤 삶인지 궁금하다고? 그럼 한번 따라와 봐."

Book Publishing CHUNGEORAM

유행이 아닌 자유추구 -
WWW.chungeoram.com

궁극의 쉐프

Ultimate chef

가프 장편소설

FUSION FANTASTIC STORY

태초의 우물에서 찾은 사막의 기적.
사람의 식성과 식욕을 색으로 읽어내는 능력은
요리의 차원을 한 단계 드높인다.

『궁극의 쉐프』

요리란!
접시 위에 자신의 모든 것을 담아내는 것.

쉐프란!
그 요리에 자신의 가치를 증명하는 사람.

"요리 하나로 사람의 운명도 좌우할 수 있습니다."

혀를 위한 요리가 아닌, 마음을 돌보는 요리를 꿈꾸는
궁극의 쉐프 손장태의 여정이 시작된다!

철순 장편소설
FUSION FANTASTIC STORY

괴물
포식자

지구 곳곳에 나타난 차원의 균열.
그것은 인류에게 종말을 고하는 신호탄이었다.

『괴물 포식자』

괴물을 먹어치우며 성장한 지구 최강의 사내, 신혁돈.
그는 자신의 힘을 두려워한 인류에 의해
인류의 배신자라는 낙인이 찍히고 죽게 되는데…

[잠식이 100%에 달했습니다.]
[히든 피스! 잠들어 있던 피닉스의 심장이 깨어납니다.]

불사의 괴물, 피닉스의 심장은
신혁돈을 15년 전으로 회귀하게 한다.

먹어라! 그리고 강해져라!
괴물 포식자 신혁돈의 전설이 시작된다!

Book Publishing CHUNGEORAM

유행이 아닌 자유추구 -
WWW.chungeoram.com